# 나는
# 그대의 책이다

# 나는 그대의 책이다

베르나르 베르베르 지음

# LE LIVRE DU VOYAGE

이세욱 옮김

# BERNARD WERBER

**LE LIVRE DU VOYAGE**
**by BERNARD WERBER**

Copyright (C) Edition Albin Michel S. A. Paris, 1997
Korean Translation Copyright (C) The Open Books Co., 2026

이 책은 실로 꿰매어 제본하는 정통적인 사철 방식으로 만들어졌습니다.
사철 방식으로 제본된 책은 오랫동안 보관해도 손상되지 않습니다.

# 차례

7
인사말

33
공기의 세계

65
흙의 세계

89
불의 세계

121
물의 세계

# 인사말

저를 소개합니다

저는 한 권의 책이며 그것도 살아 있는 책입니다.
제 이름은 〈여행의 책〉입니다.
당신이 원하신다면,
저는 가장 가뿐하고 은근하고 간편한 여행으로
당신을 안내할 수 있습니다.
우리는 이제부터
뭐랄까요……
어떤 강렬한 것을
함께 경험하게 될 것입니다.
그러자면 우리 서로 친해질 필요가 있으니,
먼저 친근한 말체로 당신을 대할 수 있도록

허락해 주셨으면 합니다.

독자여,
그대는 나를 보고 있고
나 역시 그대를 보고 있다.
그대의 눈은 촉촉이 젖어 있고 그대의 얼굴은 반드럽다.
내 얼굴은 작은 글자들이 촘촘히 찍힌 이 책장들이다.
얼굴이 백짓장 같다는 비유가 생길 만큼
내 얼굴은 해쓱하다.
우리의 접촉은 표지에서도 이루어진 바 있다.
내 등을 받치고 있는 그대의 손가락,
내 단면에 닿는 그대의 엄지손가락이 느껴진다.
그 때문에 내가 간지럼을 조금 느낄 정도다.
이제 나를 더 자세하게 소개하고자 한다.
내 이름은 〈여행의 책〉이지만,
그대는 나를 그냥 〈나의 책〉이라고 불러도 좋다.
바라건대, 그대가 나를 편안하게 대해 주었으면 한다.
나는 신비로운 경전도 아니고 훈사를 담은
잠언집도 아니며,
최면을 걸거나 초월적인 명상을 가르치는 책도 아니다.
또, 나는 어떤 사교(邪敎)나 정당이나 소수파
정치 집단에

그대를 가입시키려는 책이 아니며,

어떤 사이비 철학이나 뉴에이지 사상 따위를

전파하려는 책은

더더욱 아니다.

그런 것들은 내 성격과 거리가 멀다.

나에게 어떤 라벨을 붙이려 하지 말고,

있는 그대로 나를 받아들여 주었으면 한다.

여행의 길잡이가 될 하나의 책으로서 말이다.

우리가 함께 떠날 이 여행의 특징은

그대가 바로 주인공이라는 점이다.

물론 그대는 이미 여행의 주인공이었던 적이 있다.

하지만, 이제까지는 그것이

뭐랄까, 덜 직접적이었다고나 할까.

누가 그런 사실을 알려 주지는 않았지만,

리처드 버크의 소설에 나오는 갈매기

조너선 리빙스턴은

바로 그대였다.

생텍쥐페리의 어린 왕자,

키플링의, 왕이 되고 싶어했던 남자,

칼릴 지브란의 예언자,

프랭크 허버트의 가상 문명 〈듄〉의 메시아,

루이스 캐럴의 이상한 나라에 간 앨리스도

역시 그대였다.

다만 그 사실이 명시되지 않았을 뿐이다.

나, 『여행의 책』은 그런 조심성이나 신중함을

지니고 있지 않다.

그대가 마뜩잖게 여길 염려가 있지만,

나는 그대에게 다른 이름을 붙이기보다

그저 〈그대〉라고만 부르려 한다.

지금 이 순간 여기에서 나를 읽고 있는 사람은

오로지 그대뿐이고,

그대야말로 이 여행의 주인공이며,

나의 주인이기 때문이다.

우리가 비상(飛翔)하는 동안, 내가 할 일은

그저 그대의 안내자, 종이와 잉크로 된

작은 길잡이가 되어

그대를 돕는 것뿐이다.

내 글에는 보통의 소설에서 흔히 볼 수 있는 인물이

나오지 않을 것이고,

관용적인 비유들도 별로 나타나지 않을 것이다.

그대는 나를 읽으면서 스스로를 해적선 선장이나

산적 두목,

요정들의 왕, 숲속의 마법사, 추방당했다가 돌아온

무법자,

아무도 알아주지 않는 학자, 알코올 중독에 걸린

사설 탐정,

천재적인 음악가, 홀로 활동하는 해결사 따위로

여길 수 없을 것이다.

그대는 또한 스스로를 매력적인 공주나 용감한

어머니,

첩보원 노릇을 하는 간호사, 유령들의 여왕,

요술쟁이 여신, 감상에 잘 젖는 여학생,

흡혈 여귀, 정 많은 논다니,

인기 잃은 여배우, 신비로운 마력을 지닌 여인,

민족학 연구에 생애를 건 독신 여성 등으로

여길 수도 없을 것이다.

미안한 얘기지만,

그대는 나를 읽는 동안,

스스로를 어떤 다른 인물이 아니라

그대 자신으로밖에 여길 수 없을 것이다.

좋은 책이란 그대 자신을 다시 만나게 해주는

거울이라고

나는 생각한다.

비열한 죄악을 저지르고도 온갖 호사를 다 누리던

악한이

결국에 가선 그 죄의 대가로 참수형을 당한다는 식의

이야기가 그대의 취미에 맞는지 모르지만,

내 글에서는,

몸 밖으로 나온 내장에서 김이 모락거리는 가운데

최후를 맞는

그런 악당 역시 보이지 않을 것이다.

의표를 찌르는 배신자도

믿음을 저버리는 친구도

가학증에 걸린 고문자도 나오지 않는다.

복수의 활극이나 뜻밖의 반전도 없을 것이고,

진범 대신 감옥에 간 애먼 사람도,

반신반의하는 배심원들 앞에서

피고의 결백성을 입증해야 하는

승산 없는 재판도,

용의자 명단에서 가려내야 할 살인자도,

전자 레인지의 타임 스위치에 연결된

시한폭탄이 터지기 전에 찾아내야 할 감춰진 보물도

없을 것이다.

그런 점을 미리 알고 마음의 준비를 하는 게 좋으리라.

작가 개인의 기분과 막판에 떠오르는 영감에 따라서

행복한 결말을 보기도 하고 비극이 되기도 하는

그런 사랑의 드라마를 기대하지 말기 바란다.

치레는 자못 심한데 뜻이 잘 통하지 않는

길고 현란한 문장들도 없을 것이다.

그 대신 간결한 문장들이

내가 알리고자 하는 바를 그대에게 전달해 줄 것이다.

본디 대로 고스란히.

그냥 그렇게…….

나는 그대가 동화나 옛 이야기를 읽는 기분으로

나를 읽어 주었으면 한다.

그러면 나는 그대의 눈을 더할 나위 없이 다정하게

어루만져 주는 존재가 될 것이다.

나는 물론 하나의 사물일 뿐이다.

그렇다고 나를 과소평가하면 안 된다.

때로는 사물이 의식을 지닌 존재를 도와줄 수도 있다.

때로는 사물이 살아 움직일 수도 있다.

나는 그대의 책이다. 게다가 나는 살아 있다.

나는 노르웨이의 숲에서 온 셀룰로오스 박편으로

되어 있을 뿐이다.

또 여기 이 낱말들을 이루는 기호들은

아시아의 불운한 문어(文語)들에서 뽑아 만든

인쇄 잉크의 자국에 지나지 않는다.

하지만, 이 기호들이 배열되어 문장을 이루고,

그 문장들이 그대의 귀에 대고 노래를 부를 수 있다면,

지금 이 순간 그대의 지각이 달라지는 것은

물론이고,

그대 자신이 변하면서, 그에 따라 세상이 변할 수도 있다.

나는 이제부터 그대가 나를

낱말과 구두점의 긴 행렬로서가 아니라,

하나의 음성으로 지각해 주기를 제안한다.

책의 음성에 귀를 기울이라.

내 음성에 귀를 기울이라.

안녕?

그대, 내가 인사하는 소리를 들었는가?

그대가 나를 어떻게 이해하느냐에 따라서,

나의 쓸모는 달라진다.

그대가 필요로 한다면,

나는 단지 장롱이 기우듬하지 않게 하기 위해 괴는

받침 조각 노릇을 할 수도 있다.

반면에 그대가 원한다면,

나는 어떤 대단한 것,

언제 어디에서든 그대의 생각에 도움을 줄 수 있는 것,

그대를 홀로 있게 하지 않고

늘 그대 곁에 머물면서

위급할 때는 비상구를 마련해 줄 존재,

한마디로 말해, 종이로 된 친구가 될 수도 있다.

내가 어떤 존재가 되느냐는

그대의 선택에 달려 있다.

그 선택과 관련해서 그대가 내 조언을 부탁한다면,

나는 단호하게 이렇게 말하리라.

나를 이용하라, 나를 남용하라.

나의 유일한 소원은 그대를 이롭게 하는 것이다.

그러나 만일 그대가 나의 호의를

받아들일 수 없다 해도,

걱정할 필요는 없다.

설령 그대가 나를 전혀 중요하게 여기지 않는다 해도,

설령 그대가 나를 찢고, 태우고, 물에 빠뜨린다 해도,

설령 그대가 나를 서가에 꽂아 둔 채 잊어버린다 해도,

나에겐 동시에 여러 곳에 존재하는 능력이 있고,

여기 아닌 다른 곳에는

나를 높이 평가하면서 나의 선의를 이용할 줄 아는 사람이

있을 것이기 때문이다.

돈을 주고 나를 샀기에,

그대에겐 당연히 나를 이용할 권리가 있다.

나는 공간과 시간에 구애받지 않고

수천의 다른 사람들 곁에 존재한다.

그 사실은 그대가 가늠조차 할 수 없는

큰 힘을 내게 부여한다.

나는 소박하면서도 막강한 그대의 길동무다.

그대, 내가 제안한 멋진 여행을 받아들이려는가?

## 우리의 계약

만일 그대가 나와 함께 가기를 원한다면,
우리에겐 계약이 하나 필요하다.
나의 의무는 그대로 하여금 꿈을 꾸게 하는 것이고,
그대가 할 일은 나날의 근심 걱정을 잠시 잊어버리고
되어 가는 대로 완전히 스스로를 내맡기는 것이다.
만일 그대가 준비가 되어 있지 않다면,
우리는 당장 갈라서는 편이 나을 것이다.
반대로, 그대가 이 계약에 도장을 찍을 준비가
되어 있다고 느낀다면,
합의의 신호로 한 가지 동작을 보여 주여야 한다.
하잘것없는 작은 손짓이지만,
그것을 나는 약속의 뜻으로 받아들일 것이다.
자, 그럼 갈까?라는 문장을 읽거든, 책장을 넘기라.
그대가 책장을 넘기면,
나는 계약이 성립된 것으로 간주할 것이다.
우리 사이에 무슨 일이 벌어지기를 간절히 원할 때만
계약에 합의하기 바란다.

차후에 무슨 일이 일어나는가는 전적으로 그대에게

달려 있다.

한 차례의 모험 여행을 제안하는 것은 나이지만,

그 여행을 실현시킬 수 있는 것은 오로지 그대뿐이다.

그 여행의 원동력은

바로 그대 스스로를 기쁘게 하려는 의지다.

내 말들이 시사하는 여행의 무대를 짓는 것은

바로 그대의 상상력이다.

등장인물들의 마음결을 짜는 것은

바로 남을 이해할 줄 아는 그대의 능력이다.

나는 단지 보조자, 하찮은 안내자일 뿐이다.

그대가 이 페이지를 넘기면,

우리는 그 여행을 함께 경험하게 될 것이다.

**자, 그럼 갈까?**

그대의 신뢰에 감사의 뜻을 표한다.

잘된 일이다.

이제 가장 먼저 할 일은 여행 준비를 하는 것이다.

가방, 여권, 선글라스, 선크림, 수영복 따위는

필요없다.

하지만, 마치 비행기를 타고 이륙할 때처럼

탁 트인 활주로와 알맞은 시간을 선택해야 한다.


그대의 이륙 장소


그대가 나를 읽을 장소로는 조용한 곳이

알맞을 것이다.

그곳은 좋은 파동으로 가득 차 있어야 한다.

아마도 그곳은 그대의 아파트, 어느 카페나 도서관,

그대의 일터나 휴양지일 것이다.

아니면, 지하철 차량이나 버스, 기차, 비행기,

여객선일 수도 있다.

어쨌거나, 그곳은 그대의 신경이 쓰이지 않을 만큼

조용하고 빛도 충분히 비치고 공기도 잘 통하는 곳이어야 한다.

이제 자리에 관한 이야기로 넘어가자.

## 그대의 자리

힘살이나 뼈마디에 무리가 가지 않고,

몸 어디에도 긴장이 생기지 않도록

편안한 자리를 찾아야 한다.

달아맨 그물 침대라든가

몸을 푹 파묻을 수 있는 푹신하고 긴 의자가 있다면

더 바랄 나위가 없을 것이다.

아니면, 갓 깎아 놓은 부드러운 잔디밭이나

포근한 침대도 괜찮다.

다만, 침대일 경우에는 발치의 이불깃이

들춰지지 않도록

조심해야 한다.

발가락에 찬바람이 닿는 것은 좋지 않기 때문이다.

만일 그대와 침대를 함께 쓰는 사람이

자기의 차가운 발을 그대의 살에 대려고 하면

단호하게 거부하라.

그 사람이 고분고분 말을 듣지 않고

고집을 부리거나 협박을 하거든,

온당하게 분담되지 않는 가사 노동이나

쓰고 나서 마개를 막지 않은 채로 둔 치약 튜브,

아무 데나 굴러다니는 그의 옷가지와 소지품,

주말마다 그대를 성가시게 하는 그의 부모 등에 대해서

그에게(또는 그녀에게) 따짐조로 말하라.

그대들 두 사람을 이간하려고 하는 소리가 아니다.

다만, 그 사람이 그대의 처지를 전혀 배려하지 않는다면,

그대 역시 지배를 당할 까닭이 없겠기에 하는 소리다.

그대에게 고요하고 평온한 시간을 요구할

권리가 있다.

그대 인생에서 단 한 번만이라도,

아무도 그대에게 그 무엇도 요구하지 않고,

아무도 그 무엇으로 그대를 위협하지 않으며,

아무도 그 어떤 걱정거리로 그대 마음을 흔들지 않을

시간을 가져야 한다.

나를 읽기 위해서는

한 시간의 그런 평온함이 필요하다.

체! 하면서

그대가 못마땅해해도 하는 수 없다.

나는 한 권의 책이지만,

우리가 이렇게 만나고 있는 동안은

독점욕이 강한 애인이기도 하다.

나를 읽고 난 뒤에는

그대가 하고 싶은 대로 해도 좋지만,

나와 함께 있을 때만큼은

나에게 주의를 기울여 주기 바란다.

만일 그대의 잠동무가 그대를 성가시게 하는데도

좋건 싫건 그것에 익숙해져서

당당히 맞설 엄두가 안 나거든,

나를 다시 덮어도 상관없다.

아직 늦지는 않았으니,

그대가 원하면 우리 계약은 없었던 일로 하겠다.

그대에게 아무것도 요구하지 않는 책,

아수라장 같은 악조건에서 읽어도 괜찮은 책들은

쌔고 쌨다.

심지어는 읽지 않아도 좋으니 그저 사주기만 하면 된다고

애걸하는 책들도 있는 판국이니 말이다.

그대가 여기까지 독서를 계속했다면,

이제 그대의 마지막 속박에서 벗어날 때가 되었다.


그대의 속박에서 벗어나라


먼저 신발, 허리띠, 손목시계, 반지, 보석 등

그대의 살갗을 누르는 모든 것을

벗고 풀고 빼어 낸다.

그대의 귀고리가 귓불을 자극하지는 않는지?

그렇다면, 그것도 떼어 내라.

귓불을 뚫고 단 귀고리 때문에 귓불이 가렵지는 않은지?

그렇다면, 당장에 떼어 버리라.

모기가 있다면, 모기장을 치라.

춥거나 더우면, 온도를 알맞게 조절하라.

쾌적한 기분이 든 연후에야

독서를 다시 시작하는 것이 좋을 것이다.

전화가 울리지 않도록 송수화기를 내려놓고,

초인종의 전원도 끊어 놓으라.

텔레비전도 켜놓지 않는 편이 좋다.

실망을 안겨 주기가 십상인 세상 소식은

잊는 편이 낫기 때문이다.

아이들이 있다면, 그들이 잠들기를 기다리고,

거실에 어지러이 널려 있는 장난감들을 정돈하라.

먹고 난 그릇들이 아직 식탁에 있거든

얼른 가져다가 개수통에 넣으라.

껌을 씹고 있다면 뱉으라.

담뱃불도 끄고, 담뱃재와 꽁초 냄새에 절지 않도록

재떨이를 비우라.

음악도 필요치 않다.

곧 알게 되겠지만, 내가 그대의 머릿속에

음악을 흐르게 할 테니까 말이다.

나는 그대의 모든 감각을 사로잡을 만큼 강력하다.

말의 위력이 바로 그런 것이다.

더욱 느긋한 기분으로

그대에게 마련된 이 평온한 시간을 즐기라.

그대가 책장 하나를 넘길 때마다

우리는 여정의 한 구간을 지나는 셈이고,

그때마다 그대는 더욱 느긋해지면서도

한결 명철해질 것이다.

자, 침을 한 번 삼키고 눈을 한 번 깜박이고,

깊은 숨을 쉬라.

우리의 비상이 곧 시작될 것이다.


그대 몸에 고요가 깃든다


이제

그대의 몸에 대해서 생각하라.

살아가면서 적어도 한 번쯤은

그대의 몸에 대해서 생각해 볼 필요가 있다.

물결이 그대를 앞뒤로 가만가만 흔들고 있다고

상상하면서,

그대의 숨결이 어떻게 달라지는지를 느껴 보라.

앞으로 갈 때 숨을 들이쉬고,

뒤로 갈 때 숨을 내쉬라.

숨을 들이쉴 때는,

그대의 피가 사지 끝에서 실핏줄과 정맥을 거쳐

심장까지 거슬러 올라가는 광경을 머릿속에 그려라.

수천의 붉은 개울이 도도한 강물이 되어 흐르는

모습을.

빨펌프처럼

그대의 염통이 강물을 빨아들인다.

그 고동을 느껴 보라.

숨을 내쉴 때는,

그대의 염통이 피를 허파 쪽으로 되밀어 내는 광경을

상상하라.

온갖 스트레스와 탄산 가스가 그대의 숨을 통해

밖으로 빠져나간다.

그 숨결을 느껴 보라.

들숨.

날숨.

깨끗한 공기로 그대의 피를 정화하고

핏속에 기(氣)를 가득 담으라.

들숨.

날숨.

이제 그대를 가만가만 흔들고 있는

이 부드럽고 한가로운 물결과

그대 몸은 하나가 된다.

앞으로.

뒤로.

턱뼈의 긴장이 풀어지고

눈의 깜박임도 더욱 느려진다.

온몸이 한결 가뿐하고 느즈러진 느낌이다.

자, 이제 몸도 마음도 차분해졌으니,

이 완전한 이완의 순간을 놓치지 말고

날아오르기로 하자.


그대의 비상


그대의 배꼽으로부터 한 줄기 빛살이 뻗쳐 나온다고

상상하라.

그대의 배를 따뜻하게 하고 천장 쪽으로 올라가는

그 에너지의 흐름을 느껴 보라.

내 음성의 안내를 받으라.

**나 여기 그대 곁에 있고, 이 여행 동안은**

**한시도 그대 곁을 떠나지 않을 것이니,**

**안심하고 나를 따르라.**

그대 정신이 육체를 스스로 벗어나게 하라.

나비가 번데기 껍질에서 벗어나듯이.

그건 상상하기만 하면 되는 일이다.

진짜 이룩하는 것이 아니라

그저 정신이 비상하는 것뿐이니,

두려워할 까닭이 없다.

어떠한 일이 닥치더라도

그대는 변함없이 〈이 책의 주인〉이며,

앞으로 생길 수 있는 모든 일이

그대의 뜻에 달려 있다.

말 그대로 모든 것을 그대 마음대로 할 수 있다.

이 여행이 끝나고 나면

그대는 그 한순간 한순간을 모두

기억하게 될 것이다.

전혀 심각하거나 거창하게 받아들일 필요가 없다.

우리 둘이 길동무가 되어 산책을 한다고 생각하면

그뿐이다.

**그대 나를 따르려는가?**

그럼 가자, 나의 독자여.

그대 정신이 육체를 살며시 벗어나고 있음을 느끼라.

그대 밖에서 그대 자신을 바라보라.

지금 책을 읽고 있는 이 사람을 보라.

그가 바로 그대이다.

그를 바라보고 있는 또 다른 사람을 보라.

그 역시 바로 그대이다.

스스로를 밖에서 관찰할 수 있으면,

정신의 이탈이 이루어진 것이다.

지금 책을 읽고 있는 사람에게서 완전히 빠져나오라.

가볍고 투명하고 형상이 없는 정신이 되라.

자, 어서 나오라.

그대 배에서 뻗쳐 나오는 빛살에 매달리라.

그것이 그대의 승강기가 되어 줄 것이다.

훌륭하다, 잘하고 있다.

보다시피, 그다지 어려운 일이 아니다.

그대의 정신은 아주 강력하기 때문에

생각지 않던 많은 일들을

거침없이 해낼 수 있다.

어서 계속 올라오라.

말하는 동안에도 멈추지 말고.

바로 아래에서 책을 읽고 있는 〈그대〉를 보라.

보다시피, 그는 그대 정신의 이탈에

전혀 아랑곳하지 않는다.

그는 독서를 하고

그대는 날고 있다.

이제 됐다. 높이 날아오르자.

천장이 그대의 길을 막더라도 걱정하지 말라.

그대 정신은 쉽사리 그것을 통과하게 될 터이니.

위층에 사는 이웃과 그 집의 개, 안주인, 냉장고,

또 그 위층의 이웃과 그 집의 천장에 대해서도

걱정할 것이 없다.

더 올라가자.

이제 우리는 지붕 위에 올라와 있다.

첫 비행치고는 잘 해내 가고 있다.

보다시피, 그대 정신은 무엇이든 할 수 있다.

문제는, 대개의 경우,

그대가 정신을 충분히 활용하지 않는다는 데에 있다.

그래서 내가 그대를 도와

그대 정신의 놀라운 가능성 가운데 몇 가지를

탐색해 보려는 것이다.

그대가 정신을 충분히 활용하지 않는 까닭이

무엇인지 아는가?

우리끼리 하는 이야기지만,

그것은 그대가 스스로를 과소평가하기 때문이다.

아닌 게 아니라, 그대는 스스로를 평범한 사람으로

여기고 있다.

중요한 것은 스스로를 믿고
마음을 당당하게 가지는 것이다.
아마 나 이전에는 어떤 책도
그대의 장점을 돋보이게 하려고
애쓰지 않았을 것이다.
내가 보기에, 사람들은 너나없이 조금씩은
남을 시새우고 있기 때문에,
남이 더 훌륭한 면을 보여 주도록
격려하는 일에 인색하다.
남달리 돋보이는 사람은
〈모난 돌이 정 맞는다〉는 격으로
미움과 시새움을 받기가 십상이다.
우리는 이제 꽤나 높이 올라와 있다.
저 아래, 그대가 나를 읽고 있는
그대의 집을 보라.
기분이 묘하다. 그렇지 않은가?
여기 이 높은 곳에서 그대의 육체를
편안하게 해주는 파동을 보내라.
이 여행은 오래 걸리지 않을 것이고
그대는 곧 돌아올 것이니,
차분한 호흡을 계속하고 있으라고
그대 육체에게 말하라.

이것은 그저 한 시간 빠듯하게 걸릴 산책일 뿐이라고.

다 되었는가?

그럼, 아직 볼 것이 더 있지만, 시간을 지체하지 말고

계속 올라가기로 하자.

그대의 하늘 여행

우리 주위는 온통 하늘빛과 흰빛의 세상이다.
D코드의 음악이 흐른다.
플루트, 호른 같은 관악기와 파이프 오르간이 주된 악기다.
어딘가 바흐의 음악을 연상케 하는 구석이 있다.
이제 우리는 하늘 높이 올라와 있다.
이 정도면 높이는 충분하다.
그대가 잡고 있는 빛줄기를 놓아도 된다.
떨어질 염려가 없으니, 안심하고 놓으라.
앞에서도 말했지만,
지금 여행하고 있는 것은 그대의 몸이 아니라

정신이다.

그대가 다치는 일은 생기지 않을 것이다.

여전히 불안한가? 날개를 달고 싶은가?

그래서 마음이 놓일 수 있다면, 못 할 것도 없다!

그대의 양어깨를 보라.

맞다, 그 길고 유연한 것이 바로 날개다.

그것이 있으면 아주 편리하다.

자, 날개를 빠르게 저어 보라. 고도가 유지될 것이다.

그런데…… 그 날개가 그대에게 너무 작아 보인다.

그대 모습을 조금 바꾸어 주어야겠다.

자, 날개를 내밀라, 딱 알맞은 크기로 만들어 줄 테니.

그대를 투명한 독수리로 바꾸어 보겠다.

이런…… 이것으로는 충분치 않다.

하는 수 없다! 이왕 선심을 쓰는 김에

그대를 투명한 신천옹(信天翁)으로 바꾸어 주겠다.

이번엔 제대로 된 듯하다.

그대 모습이 멋지다.

신천옹은 독수리보다 무겁고 선회도 느리지만,

그 대신 장거리 활상(滑翔)에 능하고 하늘 높이 올라갈 수 있다.

구름 사이로 여행하기에는 신천옹이 이상적이다.

자, 날자.

정신의 힘으로 잠시나마 새가 된 것을 마음껏 즐기라.

그대의 날개를 느껴 보라.

활짝 편 날개의 당당한 자태를 느끼라.

부드러운 날개깃을 쓰다듬는 바람결을 느끼라.

유선형으로 생긴 단단하고 투명한 부리가

창공을 가른다.

미끈한 배의 곡선을 따라 흐르는

삽상한 공기를 느끼라.

어떤가, 이런 여행이라면 할 만하지 않은가……

자, 날개를 저어 하늘로 더 높이 올라가자.

이 자유의 느낌, 정말 멋지지 않은가?

상공의 이 고요함을 음미하라.

새들도 저마다 그대처럼 조용히 날고 있다.

부릉거리고 덜덜거리는 엔진도 없고,

바람살에 펄럭이는 돛도 없다.

그저 날개를 펼치기만 하면 된다.

그대의 왼쪽 날개에 무게를 조금 실으라.

알겠는가? 그대는 자동으로 선회하고 있다!

이번엔 오른쪽 날개에 무게를 조금 실어 보라.

멋진 동작이다.

그대는 그대가 원하는 곡예비행의 온갖 재주를 다 부릴 수 있고,

어디에 부딪쳐 으스러질 염려는 전혀 없다.

바로 그거다. 잘했다.

신천옹으로 바뀌고 나더니

그대가 한결 여유를 느끼는 듯하다.

자못 놀라운 일이다.

그대가 이 비행에 익숙해지자면

시간이 더 걸릴 거라고 생각했는데 말이다.

그래, 그대는 뒤집어서 날 수도 있다.

아무렴, 그렇고말고.

그래, 머리를 아래로 가게 해서 날 수도 있다.

체…… 첫 비행에 나선 주제에

별걸 다 하려고 그러네…….

자, 이번엔 무게 중심을 약간 앞으로 쏠리게 해보라.

알겠는가? 급강하는 바로 이렇게 하는 거다.

무게 중심을 뒤로 쏠리게 하면?

그럼 공중제비를 돌게 된다.

목을 바로 펴서

그대의 곡선에 주름이 잡히지 않게 하라.

그대의 진로에 신경을 쓰면서도

되도록 아름다운 모습으로 날도록 노력하라.

자, 이제 구름 위로 올라가도록 하자.

그대는 구름 위에 있다.

어떤가? 구름이 참으로 멋있지 않은가?

구름이 솜으로 된 바닥을 이루고 있다.

원한다면, 이 바닥에 다리를 끌리게 하면서

날아도 좋다.

저 앞에 불그스름한 태양이

가없는 식탁 위에 놓인 거대한 수박처럼

구름 위에 놓여 있다.

여기서 보니까 더욱 아름답지 않은가?

예전엔 미처 깨닫지 못했겠지만,

구름에게도 저들 나름의 언어가 있다.

그것은 움직임의 형태로 이루어진 언어다.

끊임없이 이상적인 형태를 추구하는 것,

그것이 바로 구름의 숙명이다.

그대 머리의 투명한 솜털과

그대 긴 날개의 깃털에

지는 해의 불그레한 빛살이 비치고 있다.

저 아래에서는 바람이 구름과 장난을 치다가

하얀 솜바닥에 홈을 내놓았다.

구름 사이로 그대의 작은 도시가 내려다보인다.

그대의 도시에 인사를 보내라.

자, 계속 날자.

땅거미가 지기 전에 해가 있는 쪽으로 가자.

기수를 서(西)로 돌리라.

지구를 구경하러 가자.

〈그대의〉 행성을 보러 가자.


순방(巡訪)


그대의 투명 날개를 접으라.

급강하.

이쯤에서 다시 날개를 펼치고 평형을 잡으라.

우리는 대양 위를 날고 있다.

검은빛과 남빛과 초록빛이 어우러진 해원(海原)이다.

저 섬들을 보았는가?

좀 더 가까이 내려가 보자.

고래들이 보인다.

하얀 고래들이 무리를 이루고 있다.

고래 한 마리가 김을 내뿜는다.

고래들이 우리를 알아보았는지도 모르겠다.

전혀 불가능한 얘기는 아니다.

40

알다시피, 그래는 아주 예민해서

우리의 존재를 곧바로 느낄 수 있다.

들어 보라, 그래들이 노래를 부르고 있다.

정말로 우리가 가까이 있음을 느낀 모양이다.

저들이 물속으로 곤두박질치고 있다.

조심해야겠다. 날씨가 험악해지고, 폭풍이 인다.

구름이 먹장을 갈아 부은 듯하다.

잔잔하던 바다가 한순간에 성난 너울로 변했다.

그러나 두려워할 건 없다.

이건 그저 공기와 물의 움직임일 뿐이다.

물기둥이 불끈 솟았다가 되떨어지며

비말(飛沫)의 레이스를 만든다.

하늘이 어두워지고 누르죽죽한 갈색을 띠면서

바다가 사뭇 달라졌다.

저기 폭풍에 흔들리는 돛단배 한 척이 보인다.

배 안에 탄 사람들이 얼마나 당황실색하고 있을지는

더 말할 나위가 없다.

저들도 멋진 여행을 꿈꾸었을 거라고?

물론 그랬을 거다.

저들을 비웃을 생각은 조금도 없다.

하지만, 저들은 그대처럼 이렇게

오로지 정신만으로도 여행할 수 있음을 알지 못한다.

자, 저들을 보러 가자.

듣고 있는가? 저들이 서로 싸우고 있다.

어찌 보면 그건 당연한 일이다.

그대들, 사람들은 좁은 장소에 한데 모이기만 하면

옥신각신하며 싸움을 벌이기가 예사이니 말이다.

아니, 그대들을 나무라자는 것이 아니라

그저 사실을 확인하고 있을 뿐이다.

위대한 고전들 중에는

인간은 사회적인 동물이라기보다

무리하게 함께 모여 사는

그립성 동물일 가능성이 있다는 점을 제기한 소설들이

더러 있는 듯하다.

나는 위대한 고전들을 별로 좋아하지 않는다.

제도에 너무 물들고 우월감에 너무 젖어 있기 때문이다.

그래도 이따금 고전들에서

뜻밖의 진기한 것을 만나는 경우도 있다는 점은

인정하지 않을 수 없다.

어쨌거나, 나는

〈발언권도 없이 들러리 노릇이나 하는 작은 책들〉에 속해 있어
　　서

고전들의 모임에 초대를 받지 못한다.

그러나, 만일 내가 그들의 토론에 참석할 수 있었다면,

내가 보기에 인류는 사회화의 도상(途上)에 있다고

그들에게 말했을 것이다.

언제가는 사람들이 서로 사이좋게 살게 될 날이 올 것이다.

나는 그것을 확신한다.

사람들의 본바탕에는 뭐랄까……

무언가 아주 선량한 것이 있다.

바로 얼마 전에, 그 문제에 관해서

어떤 요리책과 이야기를 나눈 적이 있다.

그 책이 말하기를, 자두 케이크 만드는 것과 같은

작은 일(책마다 그 나름의 안목이 있게 마련이다)에서는

사람들끼리의 협력이 잘 이루어지더라는 것이다.

자, 폭풍에서 멀어지는 편이 좋겠다.

그대의 행성과 대면하기 위해

꼭 가보아야 할 첫번째 장소가 있다.

우리는 지금 지형의 기복이 심한

어느 섬 위를 날고 있다.

산세가 험준하니 우리의 고도를 높여야겠다.

연기가 피어오르는 저 뜨거운 산들이

엄청난 열기를 내뿜고 있다.

그대도 이제 그 열기를 느끼고 있으리라.

저것이 바로 화산이다.

저 뜨겁고 불그스레한 용암을 통해서

가이아 여신, 즉 지구의 피를 느껴 보라.

그대의 행성은 살아 있고,

마그마로 된 피가 끓고 있다.

원한다면 더 가까이 다가가도 된다.

이 화산이 거대한 입처럼 보이지 않는가?

그 입을 통해서 지구가 그대에게 말을 건네고 있다.

지구가 장중한 연속음을 발하고 있는데,

그대는 알아듣지 못하는가 보다.

너무 낮고 미묘한 소리라서

아무래도 그대가 이해하기는 어렵지 싶다.

그대 행성과의 이 첫번째 만남은

제대로 이루어지지 않은 셈이다.

하지만, 첫 만남부터 모든 걸 다 이해하게 되리라고

기대했던 건 아니지 않은가?

화산에 작별 인사를 보내고 다시 비행을 계속하자.

이제 우리가 갈 곳은 대륙이다.

저기 거대하고 현대적인 항구 도시가 하나 있다.

저 도시에 인사를 보내자.

직각 진 빌딩들은 마치

불멸의 거석 기념물들을 보는 듯하다.

열에 들뜬 자동차들의 무리가 도로를 질주하다가

빨간불에 멈추더니 다시 내달린다.

보행자들은 불안한 기색을 보이며 바삐 걷다가

신호에 따라 멈추더니 다시 잰걸음을 옮긴다.

가로수 늘어선 큰길의 보행자들은

서로 밀고 스치고 가까스로 충돌을 피하면서

엇갈려 지나간다.

이 위에서 내려다보니,

마치 그물처럼 짜인 혈관 조직을 보는 듯하다.

도시 역시 살아 있다.

그 숨구멍들이 발산하는 증기에서

휘발유 냄새가 난다.

빌딩의 고층에는

한 손에 커피잔을 들고 창에 기대어

그대처럼 거리를 내려다보는

한가로운 사람들이 보인다.

공원에서 껴안고 입을 맞추는 남녀들,

소리치며 뛰어노는 아이들,

조깅하는 사람들도 보인다.

변두리의 거대한 공장들이

일정한 박자에 맞추어 토해 낸

수 톤의 규격화한 식품을

트럭에 싣고 있는 사람들도 있다.

주거 지역에서는

어떻게든 버텨 보려는 사람들이

신경 안정제를 삼키고 있다.

다른 사람들은 텔레비전에 눈길을 고정시키고 있다.

그대가 사는 세상이 이런 모습이다.

길 한 모퉁이에서 웬 여자가

스스로에게 헤로인 주사를 놓고 있다.

내려가 보자.

저 여자의 얼굴을 보라.

막다른 길에 빠진 가련한 몰골이다.

하긴, 저 여자도 그대처럼 날고 싶어서

정신을 육체에서 벗어나게 하려고

애쓰는 것이다.

하지만, 그 방법이 잘못되었다.

핏속의 독이 영혼을 자유롭게 하리라는 것은

큰 오산이다.

보라, 저 여자의 정신은

끈적거리는 중유(重油)로 칠갑을 한 갈매기와 흡사하다.

그런 상태로는 날 수도 없고 날개조차 펼 수 없다.

저 여자에게 가서 이르라.

화학 약품 따위는 필요 없고,

그저 원하기만 하면 날아오를 수 있다는 것을.

왜 내가 직접 하지 않고, 그대를 시키느냐고?

한 권의 책일 뿐인 나로서는 어쩔 수 없지 않은가.

나는 나를 읽는 사람들에게만 영향을 줄 수 있다.

책에서 용기와 위안을 얻을 수 있다는 것을

저 여자가 끝내 깨닫지 못할까 걱정이다.

다시 말하지만,

나는 도움을 받고 싶어하는 사람들만을

도울 수 있다.

보라, 저 여자는 궁지에서 헤어날 생각은 하지 않고

그저 도피하려고만 한다.

자, 가던 길을 계속 가자.

우리가 세 번째로 가볼 곳은 더운 고장이다.

저 아래 사막이 보인다.

바다처럼 가마득하게 펼쳐진 모래벌판에

바람이 몰아쳐 올린 모래 언덕들이

커다란 흰색 식탁보처럼 놓여 있다.

사막 역시 아름답다.

모래벌판을 평평하게 고르는 바람,

장미꽃 모양의 석고 결정,

햇볕에 그을은 모래 언덕.

이제 우리는 하얀 집들이 있는 도시에 다다랐다.

저기, 사람들이 행렬을 이루고 있다.

특이한 의식을 벌이고 있는 모양이다.

사람들이 저주를 퍼부으며 무기를 휘두르고 있다.

저들이 하는 소리를 들어 보라.

오직 한 권의 책만 읽고, 다른 책은 읽지 말라 한다.

생각도 하지 말고 음악도 듣지 말라 한다.

여자들에게 너울을 쓰라 하고,

학교도 다니지 말라 한다.

저들이 깃발들을 불사르고 있다.

웃통을 벗고 못 박힌 가죽끈으로

스스로를 채찍질하는 사람들의 행렬이 지나간다.

저들 역시 육체에서 정신을 해방시키고 싶어하는 것이리라.

저들은 육신을 학대하면 정신이 그 안에 머물기가 불편해서

육신을 벗어나게 되리라고 믿고 있다.

보라, 저들은 피 칠갑을 한 채

기도문을 계속 읊조리고 있다.

저들에게도 가서 이르라.

스스로에게 고통을 가하지 않고도

그럴 생각만 있으면 날 수 있다는 것을.

나는 남에게든 자기에게든 고통이 가해지는 것을

보고 싶지 않다.

이제 그만 여기를 떠나자.

아직 그대에게 보여 줄 것이 남아 있다.

우리는 이제 첨단 기술을 개발하는 곳에 와 있다.

저기, 두툼한 풀오버 차림에 커다란 안경을 쓰고

고무창 신발을 신은 젊은 기술자들이

서두르는 기색 없이 여유작작하게 일을 하고 있다.

저들은 컴퓨터에 접속하는 가상 현실 헤드폰을

조립하는 중이다.

저것은 전투기 조종 시뮬레이터이다.

정교한 전산 프로그램을 이용하여,

형형색색의 인공적인 풍경이 고속으로

전개되는 공간 속에서

실제로 비행하는 듯한 기분을 느낄 수 있게 하는 장치다.

적군의 전투기가 출현하면 모두 격추해야 한다.

포격을 받은 적기는

돌비 서라운드 효과음이 울리는 가운데 폭발한다.

49

이곳은 군 훈련소가 아니라 장난감 공장이다.

아이들이 프로그램을 시험하고 있다.

조종간을 꽉 쥐고 있는 저 아이들을 보라.

잔뜩 상기된 얼굴에 땀이 흐르고 있다.

저 아이들 역시 나를 불안하게 한다.

내가 권하는 것과 비슷한 것을 제의하는 자들 모두가

나를 불안하게 한다.

그렇다고 내가 독점욕이 강하다는 얘기는 아니다!

다만 내가 권하는 여행이

워낙 경이롭고 신기하다 보니

그것을 표절하려는 자들이 많다는 점이

걱정스러울 뿐이다.

마약의 환각, 종교의 환상, 컴퓨터에 접속된 오감의 환롱(幻弄).

그런 것들은 정신의 비상(飛翔)을 위해

너무 비싼 대가를 요구한다. 그렇지 않은가?

그대는 나에게 이렇게 묻고 싶을 것이다.

그러면 다른 〈여행 제공자들〉을 모두

경계하라는 말인가? 하고.

기분 같아서는 그렇다고 대답하고 싶다.

하지만, 덮어놓고 싸잡아서 말하는 것 역시

온당한 태도가 아니라는 것을 인정하지 않을 수 없다.

이제 가자. 다른 것을 보여 주겠다.

지금 우리가 날고 있는 곳은

나바호 인디언 보호 구역의 상공이다.

저 사람은 나바호족의 샤먼이다.

그가 하려는 일이 무엇인지 알겠는가?

그는 환각을 일으키는 식물을 담배처럼 피우고 있다.

그의 정신이 곧 날아오를 것이다.

보라, 샤먼의 정신이 날아오르면서

코요테로 변하고 있다.

저런 일을 해내려면 고된 수련이 필요하다.

그 비법은 수천 년 전부터 나바호 샤먼들 사이에

전해 내려온 것이다.

그들이 그런 일을 하는 까닭이 무엇인지 아는가?

그것은 현실에서 도피하기 위한 것이 아니라,

자기들 집단에 도움을 주기 위한 것이다.

샤먼은 마법사도 추장도 의사도 아니다.

나바호족 사람들은 부족과 개인의 모든 문제는

환경과 조화하지 못하는 데서 생기는 것으로 보고 있다.

그래서, 샤먼은 자연력을 상대로 인간을 변호하기 위하여

동물로 변하는 것이다.

저 샤먼의 정신이 그대 쪽으로 오고 있다.

그대를 보고 무척 놀란 듯하다.

그대가 어떻게 이런 비행을 할 수 있는지를 묻고 있다.

그에게 사실대로 말하라.

그대에게 마약 따위는 필요 없다고.

바로 나, 『여행의 책』만으로 충분하다고.

비행하는 코요테가 고개를 젓는다.

〈책이 그렇게 강력할 수는 없다!〉는 뜻이다.

그에게 이르라.

책들도 독자가 부여하는 힘을 지닐 수 있고,

그 힘이 무한할 수도 있다는 것을.

그는 이런 비행이 이처럼 쉽게 이루어질 수 있다는 사실이

믿기지 않는 모양이다.

오랜 기간의 공부와 수련을 거치고 나서야

풀 연기를 비행의 시동 장치로 사용할 줄 알게 되었으니,

그럴 만도 하다.

되도록 풀을 적게 사용하려고 노력은 하지만,

그것 없이는 날아오를 수 없단다.

예전에 위대한 샤먼들은 마약을 사용하지 않고,

그저 주문만으로도 날아오를 수 있었다는데,

샤먼들의 능력이 줄어들어

그 연료가 있어야만 비행할 수 있다는 사실이 안타깝다는 것이

다.

내가 뭐랬는가!

나, 『여행의 책』은

그대가 마약에 빠지는 것을 막아 줄 뿐만 아니라,

위대한 샤먼들이나 할 수 있는 일을

입문 과정도 거치지 않고 성취할 수 있게 해준다.

아니, 그렇다고 내게 감사할 필요는 없다.

우리의 계약을 생각하면, 그건 아주 당연한 일이다.

게다가 그대가 비행에 성공했다는 것은

나의 책다운 긍지이기도 하다.

한낱 물건일 뿐인 내가 진짜 살아 있는 존재에게

영향을 미칠 수 있다는 것을 알게 되어서

나 역시 기분이 좋다.

종이로 된 정신인 우리는

이따금 우리 자신이 〈덧없고 하찮은〉 존재라고

느낄 때가 있다.

여기를 빨리 떠나자. 그대에게 다른 것을 보여 주겠다.

이제 우리가 다다른 곳은

세계의 지붕이라 불리는 티벳이다.

라마승들의 도시인 라사가 저기 보인다.

이곳에선 승려들이 긴 나팔을 분다.

그 소리가 주위의 공기를 진동시킨다.

그 울림이 자못 장중해서

마치 대지의 음성을 듣는 듯하다.

라마승들이 커다란 방에 모여 좌선하고 있다.

저렇게 많은 사람들의 넋이 한꺼번에

날아오르는 것은

일찍이 본 적이 없을 것이다.

찌르레기 한 무리가 일제히 날아오르는 형상이다.

저들은 옛날부터 정신의 비행을 자유자재로 해왔다.

저들의 정신은 마약 따위를 사용하지 않고도

집단적으로 날아올라 구름 위에서 회동한다.

저들을 보라. 새처럼 나는 저 정신들을 보라.

저들은 뭔가 대단한 일을 해내고 있다는

생각조차 하지 않고 있다.

저들에게 이건 그저 항다반사일 뿐이다.

저들이 그대를 보고 인사를 건넨다.

저들에게 답례를 보내라.

도시의 거리로 내려가 보자.

중국군 병사들이 라사의 거리를 순찰하고 있다.

그들에게 잡혀 감옥에 갇힌 라마승들도 있다.

저 군인들이 왜 그런 짓을 하는지 아는가?

뭐라고?

정치적인 이유에서 그러는 거라고?

내가 보기에, 그건 시새움 때문이다.

정신이 이토록 자유로운 사람들을 보고

단순하고 용렬한 자들이 성을 내는 것이다.

이건 한낱 책일 뿐인 나의 관견(管見)이므로

꼭 따를 필요는 없다.

저 멀리에, 서양에서 온 관광객들이 보인다.

저들은 라마승들의 정신을 이해하고 싶어서,

참선 도중에 무엇을 경험하게 되느냐고 묻는다.

라마승들은 그저 싱그레 웃을 뿐이다.

정신의 비상을 다른 사람들에게

어떻게 설명할 수 있겠는가?

그대가 나를 다 읽고 났을 때,

다른 사람들이 그대에게

〈그 여행을 하면서 무엇을 느꼈소?〉 하고

물어 오는 경우를 상상해 보라.

그대는 무어라고 대답할 수 있겠는가?

비몽사몽 같은 상태에 있었노라고?

안과 밖에 동시에 있었노라고?

잠들기 전에 옛이야기를 듣다가

그 이야기에 관한 꿈을 꾸기 시작하는 아이처럼

글이 가만가만 흔들어 주는 요람 속에서

꿈을 꾸었노라고?

아니다. 천만에 말씀이다.

그저 피식 웃는 것 말고는,

그 느낌을 달리 설명할 길이 없을 것이다.

단맛밖에 경험해 보지 못한 사람에게

짠맛을 설명할 수는 없는 노릇이다.

직접 맛보지 않고는 그 맛을 알 도리가 없다.

이제 티베을 떠나,

현대적인 도시로 돌아가자.

저기 한 건물에서,

헐렁한 풀오버 차림의 컴퓨터 기술자 하나가

합성 영상을 이용해서 가상 현실의 배경을

만들고 있다.

아주 시적인 풍경이다.

사람들은 인터넷에 접속하기만 하면

저 풍경 속에서 산책하는 기분을

느낄 수 있게 될 것이다.

아까 장난감 공장에서 보았던 것과 다른 점은

이 프로그램에는

파괴할 대상이 전혀 없다는 것이다.

이 프로그램이 권유하는 것은

이국적인 풍경에 시나브로 빠져들라는 것뿐이다.

지금 그대 표정이 마치 꿈을 꾸고 있는 듯하다.

내가 그대에게 이 모든 것을 보여 주는 까닭이

무엇인지 알겠는가?

그것은 이 여행이 아주 오랜 옛날부터

모든 사람들이 추구해 온 것이라는 사실을

일깨워 주기 위해서다.

또, 마약이든 종교든 첨단 기술이든

그것을 어떻게 사용하느냐에 따라서

이로운 것이 될 수도 있고 해로운 것이 될 수도 있음을

깨닫게 하려는 생각에서다.

똑같은 수단이라도 잘 이용하면

신묘한 비법이 되지만,

잘못 쓰면 검은 마법이 된다.

나는 〈비행 안내자〉의 역할을 독점할 권리도 없고,

그럴 생각도 전혀 없다.

다만 내가 다른 안내자들과 다른 점이 있다면,

대가를 전혀 요구하지 않는다는 것이다.

그저 그대가 시간을 조금 내주고,

주의만 기울여 주면 된다.

나로서는 그것만으로도 이미 많은 거을 요구한 셈이다.

물론 나는 무엇을 거의 공짜로 주겠다고 하면

공연히 의심을 받게 된다는 것도 알고 있다.

사실 사람들은 뭔가 유익한 것을 받으면

당연히 비싼 값을 치러야 한다고 생각한다.

그렇지 않은가?

그대들은 늘 대가를 지불하고 스스로를 희생하고

고통을 감내하지 않으면 안 된다.

나는 그대에게 이렇게 묻고 싶다.

아무 대가를 치르지 않고, 상상력만으로

어떤 사물의 좋은 측면을 즐길 수 있는데,

그것을 마다할 이유가 있겠는가?


어떤 도인과의 만남


다시 고도를 높이자.

이번엔 나만이 아는 외진 곳으로 가려 한다.

보라.

저 단층(斷層)은 바위투성이의 권곡(圈谷)으로

이어진다.

이곳은 풍치 지구다.

그러나 구경하느라고 시간을 낭비하지 말고,

저 위로 가자.

바위들이 얼키설키한 사이로 폭포가 하나 보인다.

다가가 보자.

우리는 수정의 장막을 드리우며 굉연하게 떨어지는

비류(飛流)를 마주하고 있다.

그대는 격노하는 듯한 이 물의 장벽 앞에서

머뭇거리고 있다.

그러나 권하노니, 그대 계속 앞으로 나아가라.

그러면 폭포수 사이로 작은 불빛이

희미하게 보일 것이다.

폭포수를 지나면 동굴이 하나 나타난다.

사람 모습으로 돌아가서

빛이 오는 쪽으로 걸어가라.

저기, 맨 안쪽 바위 위에

낙타빛 가사를 걸친 남자가 가부좌를 틀고 앉아 있다.

그는 꼼짝달싹도 하지 않는다.

몇 해를 깎지 않고 두었는지

하얀 머리와 수염은 물론이고

손톱도 아주 길다.

이마의 빨간 점은 제3의 눈을 상징한다.

거의 벌거숭이나 다름없는 옷차림이건만

그는 추운 줄도 모르는 듯하다.

틀림없이 아주 오래 전부터 저러고 있었던 모양이다.

몸이 저 자세로 굳어 버린 것처럼 보이니 말이다.

그에게 다가가라.

그가 명상을 중단하고 살며시 눈을 뜬다.

그대와 도인이 서로 바라본다.

그대는 늘 궁금하게 여기던 것을

그에게 묻는다.

〈인생의 의미는 무엇입니까?〉

그는 흐레진 표정으로 그대를 뚫어지게 바라본다.

그대에게 약간의 관심을 보여 주기로 한 듯

그가 이윽고 입을 연다.

〈인생이란 한낱 허깨비일 뿐이라.〉

그 대답에 담긴 뜻을 생각해 보고 나서,

그대는 이렇게 말한다.

〈미안하지만, 인생은 허깨비가 아닙니다.〉

도인이 눈살을 찌푸린다.

그대가 말을 잇는다.

<동굴에만 틀어박혀 있지 말고
세상을 더 돌아다녀 보십시오.
바깥 세상에는 실상이 있고,
그 실상에 작용하는 사람들이 있습니다.
당신에게는 모든 것이
반투명한 폭포수의 장막 너머로 보입니다.
그 때문에 당신은 인생이 허깨비일 뿐이라고
믿는 것이지요.
그건 마치 텔레비전을 통해서만
세상을 관찰하는 것과 비슷합니다.>
그러자, 도인은 텔레비전이 뭐냐고 묻는다.
그대는 녹음된 웃음 소리가 나오는
판에 박힌 미국식 연속극과
주부 시청자들을 위한 메로드라마,
똑같은 구호를 무수히 반복함으로써
사람들을 세뇌시키는 광고,
연예인들의 시시콜콜한 신변 잡사를
주절주절 늘어놓는 토크쇼 따위로
텔레비전을 설명하려고 한다.
도인은 그대 이야기에 갈수록 흥미를 느끼는지
그대 쪽으로 자꾸 다가간다.

61

이제 그에게 이렇게 말하라.

그대는 자신의 무지를 기꺼이 받아들인다고.

그대를 앞으로 나아가게 하는 것이 바로 무지라고.

의심은 믿음보다 강하고, 호기심은 박식보다 강하다.

그대를 이곳에 올 수 있게 한 것이

바로 그 의심과 호기심이다.

그에게 다시 말하라.

그대는 그대가 알아내고 찾아낸 모든 것으로

채울 수 있도록 스스로를 비우려 노력한다고.

도인이 무척 당황한 기색을 보인다.

그는 다시 눈살을 찌푸리더니,

노여움을 이기지 못하고

그대를 〈바보 같은 녀석〉이라고 욕한다.

그에게 이르라.

그의 말마따나 그대는 스스로를 바보로

여기고 있노라고.

하지만, 그대가 말하는 바보는

프랑스어 앵베실imbécile의 어원을 염두에 둔

참된 의미에서의 바보라고.

예전에 앵베실은 〈목발béquille이 없는 사람〉이라는

뜻이었다.

바보란 목발도 지팡이도 보호자도 없이

홀로 서서 걸어야 하는 사람이다.

바보는 비틀거리지만, 그래도 앞으로 나아간다.

홀로 나아간다.

바보, 그것은 그대가 들을 수 있는 찬사 가운데

가장 아름다운 것이다.

그대를 바라보는 도인의 눈길이 달라진다.

독자여, 그대는 이제 알게 되었을 것이다.

이 세계와 우주를 가장 잘 발견할 수 있는 사람은

다른 어느 누구도 아니고 바로 그대 자신이라는 것을.

그대에겐 도인도 직업적인 철학자도 필요 없고,

〈좋은 조언자〉임을 자처하는 사람들이나

자기 정신을 날아오르게 할 줄 모르는 탓에

그 정신을 남에게 자랑 삼아 드러내는

위선적인 신앙인들도 필요 없다.

신도 지도자도 필요치 않다.

나, 『여행의 책』도 물론 필요가 없다.

그대의 길은 이 세상에 하나밖에 없는 길이고,

그 길로 그대를 이끌 수 있는 사람은

오직 그대뿐이기 때문이다.

도인은 이제 허기와 갈증과 한기를 다시 느끼고,

이 동굴에 자기 혼자 있음을 새삼스럽게

의식하게 될지도 모른다.

어쨌거나, 그를 이대로 두고 우리 여행을 계속하자.

다시 그대 정신을 가볍게 만들고

투명한 신천옹의 모습으로 돌아가라.

우리는 이제 새로운 지평을 향해 날아갈 것이다.

# 흙의
# 세계

**그대의 터전**

우리 아래로 대지가 펼쳐진다.

연한 풀빛이나 짙푸른 빛을 띤 초원 지대를 빼고는

온통 갈색 또는 황톳빛이다.

G코드의 음악이 흐른다.

주로 타악기와 사람의 음성이 어우러진 연주다.

아프리카의 탐탐 장단에 맞추어

그레고리언 성가를 부르고 있는 듯한 음악이다.

지금 우리는 뭔가 아주 중요한 일을

함께 수행하러 가는 길이다.

우리가 가는 곳은 그대의 집이다.

그대가 살고 있는 아파트로 돌아간다는 게 아니라

그대의 진정한 〈자기 집〉으로 간다는 이야기다.

그대의 내밀한 안식처,

뭔가 일이 잘 안 될 때면, 언제라도 가서

다시 힘을 얻을 수 있는 곳 말이다.

그곳은 그 무엇에도 견딜 수 있는 견고한 장소이다.

시간도 그곳을 파괴할 수 없다.

그곳은 오로지 그대의 정신 속에만 존재하지만,

이 세상 그 어느 곳보다 안전하고 확실한 장소이다.

일단 그곳을 발견하고 나면,

그다음부터는 정신이 덜 집중된 상태에서도

거기로 쉽게 돌아갈 수 있게 된다.

이제부터 잠시 동안 나는 그대에게

열쇠를 건네주러 온

부동산 중개업자 노릇을 하게 될 것이다.

그대의 이 〈자기 집〉에 특별한 점이 있다면,

바로 그대의 상상력과 재능으로 집을 짓는다는

것이다.

먼저 시야가 탁 트인 터전이 필요하다.

그런 곳을 상상해 보라. 그것만으로 충분하다.

그곳은 바닷가일 수도 있고,

해안 절벽 위의 평지, 언덕, 산, 평원, 사막,

숲속의 빈터, 바다나 호수 한가운데의 섬일 수도 있다.

어서 선택하라.

바로 그곳으로 떠나야 하니까.

그대의 날개를 펴라,

공중에서 그대의 터전을 살펴보자.

자 보라, 저기가 바로

그대의 집이 들어설 곳이다.

그대의 땅과 나무, 풀, 바위, 하늘을

잘 보아두라.

이제 곧 그대는 저 터전 위에

그대의 안식처를 짓게 될 것이다.


**그대의 안식처**


그대는 어떤 형태로든 원하는 대로

그대의 안식처를 지을 수 있다.

고딕풍의 성관이라도 좋고,

찰흙으로 지은 굴집이라도 좋고,

스테인드글라스로 치장한 오색찬란한 성당이어도 좋다.

벽도 그대 마음 내키는 대로,

대리석, 벽돌, 옥, 황금, 종이, 유리, 강철,

나무, 짚 등 무엇으로든 만들 수 있다.

저속도 촬영 필름으로 커다란 식물의

꽃 피는 모습을 보는 것처럼,

그대의 안식처가 땅에서 솟아오르는

광경을 보라.

기초 공사가 끝나고 바닥이 깔린다.

바닥이 다 되자 벽이 올라간다.

재능과 자재를 아끼지 말라.

이건 어디까지나 그대의 집이다.

그대 안식처의 아름다움과 견고함과

독특함에는 한계가 없다.

외부를 크고 작은 망루나 이무깃돌이나

색정적인 조각으로 치장하면 어떻고,

내부를 그림과 램프와 형형색색의 조명 기구로

장식하면 또 어떠랴.

호사의 극치를 위해 꼭 필요하다면,

미술관들을 털어도 된다.

미켈란젤로가 「최후의 심판」을 그려 놓은

시스티나 예배당의 천장이

그대 거실에 딱 어울리겠다 싶으면,

그것을 옮겨 오라.

그대의 당구실에는 살바도르 달리의 몇몇 그림이

아주 멋지게 어울릴지도 모른다.

현관을 아름답게 꾸미기 위해서

레오나르도 다 빈치의 그림 몇 점을 걸 수도 있다.

욕실에 히에로니무스 보스의 그림을 걸면 또 어떠랴!

자, 어서 그대가 원하는 그림들을 가져오라.

이제 밖으로 나가서

그대 안식처를 공중에서 한번 조감해 보자.

구석구석을 꼼꼼하게 살펴보라.

잘되었다! 그대 마침내 자기 집을 갖게 되었다.


## 집 안 가꾸기

방들의 꾸밈새가 어떠한지

밖에서 창문 너머로 바라보라.

그대 안식처에 아직 미흡한 것이 있거든

그대 마음에 쏙 들도록 개선하라.

일각수가 노니는 정원을 꿈꾸어 본 적은 없는가?

그대 가까이에서 그대를 헌신적으로 지켜 주는

한 뼘 크기의 요정 군단을 상상해 본 적은 없는가?

바람의 요정들이 밤마다 몰래 그대를 만나러 오도록

정원 한 모퉁이에 숲을 꾸며도 좋으리라.

큰 수영장이 있다면,

거기에 세이렌들을 살게 해도 괜찮을 것이다.

하지만, 물속에 그녀들이 숨을 곳을

마련해 주어야 한다는 점을 잊지 말아야 한다.

그대는 세이렌들이 얼마나 수줍음이 많은지

알고 있을 것이다.

천사들이 자주 그대를 만나러 올 수 있도록

아주 커다란 비둘기 집을 마련해 놓으라.

자, 이제 그대의 안식처를 전체적으로

다시 한번 살펴보라.

뭔가 분위기를 무겁게 만드는 것이 있거든

없애 버리라.

그대가 안식처에 올 때는

언제나 부드러운 깃털로 지은 둥지에 들어온

기분이 들어야 하고

절대로 따분함을 느끼지 말아야 한다.

마지막 손질이 다 끝났는가?

더 보탤 것은 없는가?

그럼 됐다.

그대에게 단 하나뿐인 열쇠를 주겠다.

이 열쇠를 잘 살펴보고 무게를 가늠해 보라.

그것을 자물쇠 구멍에 끼우라.

문이 열린다.

그대는 여기에 와서 이 문턱을 넘는

최초의 사람이다.

독자여, 그대는 마침내 그대의 집에 들어왔다.

축하한다!

정말 아름답지 않은가?

모든 것이 그대가 늘 바라던 대로 되어 있다.

실내 온도도 알맞다.

집의 냄새를 맡아 보라.

코에 익은 냄새가 날 것이다.

젖내, 과자 냄새, 불고기 냄새,

향내, 밀랍 냄새 등

그대가 어렸을 적부터 맡아 온 냄새다.

가구의 나무 냄새조차

그대 마음을 편안하게 해주는

후각적인 표식이 된다.

벽난로에서 장작이 따닥거리며 타고 있다.

나무진 내음이 향기롭다.

이제 그대의 서재로 가자.

이곳은 그대가 공부하고 일하고 사색하는

장소이다.

여기저기 놓여 있는 물건들이

모두 낯익은 것들이다.

그대 책상 앞의 안락의자에 가서

몸을 묻으라.


## 그대가 읽을 오늘의 문장


어딘가 마법의 책 같은 느낌을 주는

크고 무거운 서첩 한 권이 그대 앞에 놓여 있다.

표지는 새김질한 나무로 되어 있고

책등과 표지의 접합부는 쇠띠로 보강되었으며

책장은 양피지로 되어 있다.

손길 닿는 대로 아무 데나 한 페이지를 펼치라.

왼쪽 페이지 한가운데에

단 하나의 문장이 적혀 있다.

그것이 바로 그대가 오늘 읽어야 할 문장이다.

그 문장은 오직 그대를 위해 쓰여진 것이고,

그것의 도움으로

그대가 지금 당면하고 있는 어려운 문제를

해결할 수 있게 될 것이다.

그대가 한 걸음 더 나아가도록

그 문장이 도와줄 것이다.

그것은 실제적인 조언일 수도 있고,

지금 고민하고 있는 문제와 관련해서

그대가 한 번도 생각해 보지 않은 해결책,

그대에게 큰 도움이 될 수 있음에도

별로 관심을 가져 보지 않은 어떤 이의 이름,

또는 비록 고통스럽게 여겨질지라도

그대가 반드시 결행하지 않으면 안 될

어떤 방향 전환의 지침일 수도 있다.

또, 그것은 그대 기분이 한결 나아지기 위해서

꼭 해야 할 어떤 일이 될 수도 있을 것이다.

지금 그대는 그 〈유익한〉 문장을 마주하고 있다.

20초 동안 눈을 감고 그것을 읽으라.

……

낱말 하나하나의 뜻을 곱새기라.

거기에 담긴 깊은 뜻을 이해하라.

이제 그대 앞에 놓인 깃펜을 들어

깃 촉을 잉크에 적신 다음,

잎의 오른쪽 페이지에

그 문장에 대한 그대의 답을 적어 넣으라.

20초 동안 눈을 감고 있으면,

문득 답이 저절로 나타날 것이다.


......


이제 됐다.

그대는 문제가 무엇인지

해결책이 무엇인지도 알고 있다.

서첩을 다시 덮으라.

안식처에 와서 그 책을 다시 펼칠 때마다

그대를 위해 쓰여진

새로운 문장을 만나게 될 것이다.

그 문장은 그대로 하여금

더 빨리 그리고 더욱 좋은 조건에서

그대 인생의 다음 단계를 주파할 수 있도록

그 공장을 읽기 위해서는

그저 20초 동안 눈을 감기만 하면 된다.

그대의 답을 찾기 위해서는

그저 20초 동안 눈을 감기만 하면 된다.

원한다면, 그대는 그 문장들을 잊지 않기 위해

내 책장에 그것들을 적어 놓아도 된다.

나를 격정할 필요는 없다.

앞에서도 말했듯이,

나는 경전처럼 신성한 존재가 아니다.

그대 마음 내키는 대로,

적바림을 해도 좋고, 그림을 그려도 좋고,

낙서를 끼적여도 좋다.

책장의 귀도 얼마든지 접을 수 있다.

자, 그대의 서재로 돌아가자.

서첩을 책상 서랍 속에 정돈해 두라.

만일 그대 정신세계의 서재가

물질세계의 서재처럼 너저분하기를

원치 않는다면,

처음부터 정돈하는 습관을 들이는 게

좋을 것이다.

이제 그대 왼편에 있는 보석 상자를 보라.

그 상자의 밀랍 봉인을 제거하라.

## 그대의 개인적인 상징

상자 안에 그대의 상징이 들어 있다.

보라, 그대에게 낯익은 물건이다.

그대는 거기에 담긴 의미를 알고 있다.

그것을 만져 보라.

그것의 모서리와 곡선과 부피를 느껴 보라.

그대의 상징이 그런 특별한 형태를 취하고

있는 까닭은 무엇인가?

그 형태는 무엇을 연상시키는가?

그대의 상징을 위로 들어올리라.

작은 태양이라도 되는 듯,

그것이 아주 강렬한 빛을 발산하고 있다.

그것을 가슴 가까이로 가져간 다음,

일거에 심장 속에 찔러 넣으라.

상징이 더욱 강렬하게 빛나면서

그대에게 은근한 힘을 준다.

그대의 오감이 더욱 민감해진다.

그대에겐 시각, 청각, 미각, 후각, 촉각 등

육체적인 오감만 있는 것은 아니다.

그대에겐 감정, 상상력, 직관, 의식, 영감 등

정신적인 오감도 있다.

그대의 상징은 그 모든 것에 도움이 된다.

감정,

그대의 감정은 산만하지 않고 한결 차분해진다.

그대는 이제 파도처럼 밀려오는 감정에

휩쓸리지 않는다.

감정의 물결이 밀려온다 싶어도,

그 물마루에서 파도 타기를 할 수 있다고

느끼기 때문에

물결에 휩쓸릴 것을 저어하지 않는다.

상상력,

그대의 상상력은 한결 폭이 넓어진다.

그대는 시각을 편협하게 만드는 선입견에서

벗어난다.

직관,

그대의 직관은 섬광처럼 번득이게 된다.

그대는 무슨 일을 하든 그 일을 시작하기 전에

직관의 소리를 들을 줄 알게 된다.

의식,

그대는 그대가 누구인지

매순간 그대가 무엇을 하고 있는지에 대한

명철한 의식을 갖게 된다.

영감,

그대의 영감은 지구 위에 커다란 구름처럼 모여 있는

관념들을 포착하여 끌어 쓴다.

지구를 싸고 있는 대기의 범위를 대기권이라고 하듯이

혹자는 그 관념들의 구름을

〈정신권(精神圈)〉이라고 부르는데,

온갖 생각과 창의가 그 안에 모여

서로 섞이고 절충되고 통합된다.

그 관념들은 살아 있는 존재처럼

일종의 자주성을 지니고 있다.

그것들에도 그 나름의 진화와 도태와

돌연변이가 있다.

그 관념들은 비단 우리 뇌의 산물만은 아니다.

그것들은 인간이 있기 전에도 거기에 있었고

이후에도 거기에 있을 것이다.

어떤 관념들은 퍼져 나가고,

어떤 것들은 자족적으로 살아간다.

가만히 웅크리고 있다가

가장 좋은 때가 되어서야 홀연히 나타나는

관념들이 있는가 하면,

헙헙하게 떠다니다가

몽상가와 예술가에게 붙잡히는 것들도 있다.

그대 역시 그런 관념들을 포획할 수 있다.

마음이 내킬 때마다

정신권으로 올라가라.

그런 다음, 그대가 선택한 분야에서

새로운 것을 만들기 위해 필요로 하는 것을

거기에서 얻어 오라.

그러나 그 관념들이 그대에게서 나온 것이

아님을 잊지 말아야 한다.

그대의 창의성은 그 관념들을 새로운 방식으로

결합하는 데에서 나타난다.

정신권에 그대의 뇌를 접속하라.

그대의 기억 용량이 커진다.

그대 전용의 정신적인 실험실에서

정신권의 관념들을 저장하고 비교하고

교배하고 진화시키라.

그대의 분석 능력과 종합 능력이 발전한다.

중요한 것과 사소한 것을 분간하여

사소한 것을 버릴 줄 알게 됨으로써

그대의 사고는 더욱 빨라진다.

마치 그대 지각의 먼지 긴 창문을

닦아 내기라도 한 것처럼,

그대는 사물의 겉모습 뒤에 감추어진

실체를 간파할 수 있게 된다.

모든 것이 명료하고 가뿐하고 간단해진다.

그대는 일과 사물의 요체를 바로 파악할 줄

알게 된다.

한마디로 자기 생각의 주인이 되는 것이다.

그것이 바로 그대의 개인적인 상징이 지닌 힘이다.

그것을 상자 속에 다시 넣고, 뚜껑을 닫으라.

뭔가 잘 안 되는 일이 있을 때는,

그대의 상징을 불러내어

그대의 심장 속에서 다시 빛을 발하게 하라.

그대의 무기

그대의 책상 맞은편 벽에

기다란 칼집이 하나 걸려 있다.

그 속에 그대의 무기인 칼이 들어 있다.

그것을 뽑아 칼 몸과 칼자루를 살펴보라.

칼자루 끝 장식에는 그대의 좌우명이 새겨져 있다.

칼 몸은 담금질을 무수히 되풀이하여 만든 것이고,

칼자루는 그대의 손 모양에 딱 들어맞게 되어 있다.

이것은 그대의 칼이며,

다른 손에 들어가면 그 평형을 잃게 될 것이다.

이 칼은 아주 가벼우면서도

쇠붙이도 벨 만큼 잘 드는 명검이다.

그 날은 면도날만큼이나 얇다.

그런데, 밖에서 무슨 소리가 들린다.

누가 감히 그대의 영토를 침범한 것일까?

그대는 창에 기대어 밖을 내다본다.

한 무리의 사람들이 보인다.

모두 낯익은 얼굴들이다.

그대가 안식처를 발견한 경사를 축하하려고

그대의 벗들이 찾아온 것이다.

## 그대의 축제

그대는 보검을 칼집에 도로 꽂아 두고,

벗들을 맞으러 내려간다.

그들이 현관 앞에

잔치판을 벌여 놓았다.

식탁들이 둥그렇게 놓여 있고

진수성찬이 차려져 있다.

그대의 귀에 익은 음악이 울려 퍼진다.

그대가 가장 좋아하는 음악이다.

그 선율 속에서 모든 것이 진동한다.

그대의 성격을 아주 잘 드러내 주는 음악이다.

그대는 그 장단에 보조를 맞추며

그대에게 마련된 자리에 가서 앉는다.

그대가 팔을 들어올리자,

벗들이 모두 미소로 화답한다.

오늘 온 사람들은

오로지 그대를 진정으로 사랑하는 사람들뿐이다.

이것은 그대를 위한 축제다.

그대는 벗들의 건강을 기원하며 술잔을 든다.

가장 절친한 벗이 그대에게 다가와

손님들 모두가 그대에게 줄 선물을 가져왔다고

알린다.

저마다 그대 앞에 나아서 차례차례

선물을 내놓는다.

그대는 리본을 끄르고 꾸러미를 푼다.

선물마다 그 나름의 특색이 있고,

주는 사람의 성격뿐만 아니라

그대를 가장 기쁘게 하는 방식에 대한

그 사람의 생각을 드러낸다.

벗들은 저마다 자기 선물의 의미를

설명한다.

어떤 벗들은 그대를 위해 특별히 만든

예술 작품을 가져왔다.

그런가 하면, 골동품 가게를 돌아다니며

어렵게 찾아낸

희귀한 물건을 가져온 벗들도 있다.

그 물건들을 찾아 아주 먼 길을 다녀온

그들은 그 뜻하지 않은 발견의 내력을 들려준다.

벗들은 저마다 그대와 함께 보낸 즐거운 한때를

귀엣말로 그대에게 상기시킨다.

그들 각자와 그대를 이어 주는

두 사람만의 특별하고 은근한 사연을

존중하는 뜻에서,

나 이 책도 잠시 귀머거리 시늉을 해야겠다.

이런 벗들이 있다는 건 참으로 큰 행운이다.

이 행운을 마음껏 누리라.

몇몇 친구들이 탐탐을 집어 든다.

모두가 한데 어울려 정글의 주민들처럼 춤을 춘다.

그대는 눈을 감는다.

신명이 오르면서

그대도 온갖 거리낌과 스스럼에서 풀려 난다.

누가 시키지 않아도 저마다

배에서 올라오는 꽉 찬 소리로

기꺼이 노래를 부른다.

아메리카 인디언의 노래나

피그미족의 다성 음악을 듣는 듯하다.

다른 몇몇 친구들은

브르타뉴의 백파이프인 비뉴와

스코틀랜드의 백파이프, 하프, 비올라를 뜰고

시골풍의 옛스러운 지그를 연주한다.

그것이 끝나고 나자,

격렬한 록 음악이 터져 나온다.

그대와 친구들은 점점 더 빨리 돌며 춤을 춘다.

그러고 나자, 애잔한 블루스 곡이 나오면서

분위기가 잔잔해진다.

몸과 몸이 서로 스치고 닿고 부드럽게 쏠린다.

손가락들이 서로 얽히고 죄어 든다.

가벼운 입맞춤이 춤추는 남녀들 사이에 오고 간다.

친구들의 따사로운 정은

그대를 감싸서 보호해 주는 커다란 외투와도 같다.

이들은 언제까지라도 그대를 버리지 않을 것이다.

그런데, 한 친구가 별을 올려다보며 말한다.

밤이 이슥하니 돌아가야겠다고.

다른 벗들도 그를 따라 돌아가려고 한다.

그대는 벗들을 더 붙잡아 두고 싶어한다.

하지만, 그들이 돌아가는 것을 우정의 표시로

받아들이는 편이 나을 것이다.

세 번째 요소인 불을 만나러 가는 여정이

그대를 기다리고 있고,

이 여행은 그대 혼자 해야 하는 것임을

그들은 알고 있다.

그들은 그대의 여정이 너무 늦추어지는 것을

원치 않는다.

그들 한 사람 한 사람에게 작별 인사를 하고,

그대 다시 투명한 새로 돌아가라.

그들 한 사람 한 사람에게 작별 인사를 하고,

그대 다시 투명한 새로 돌아가라.

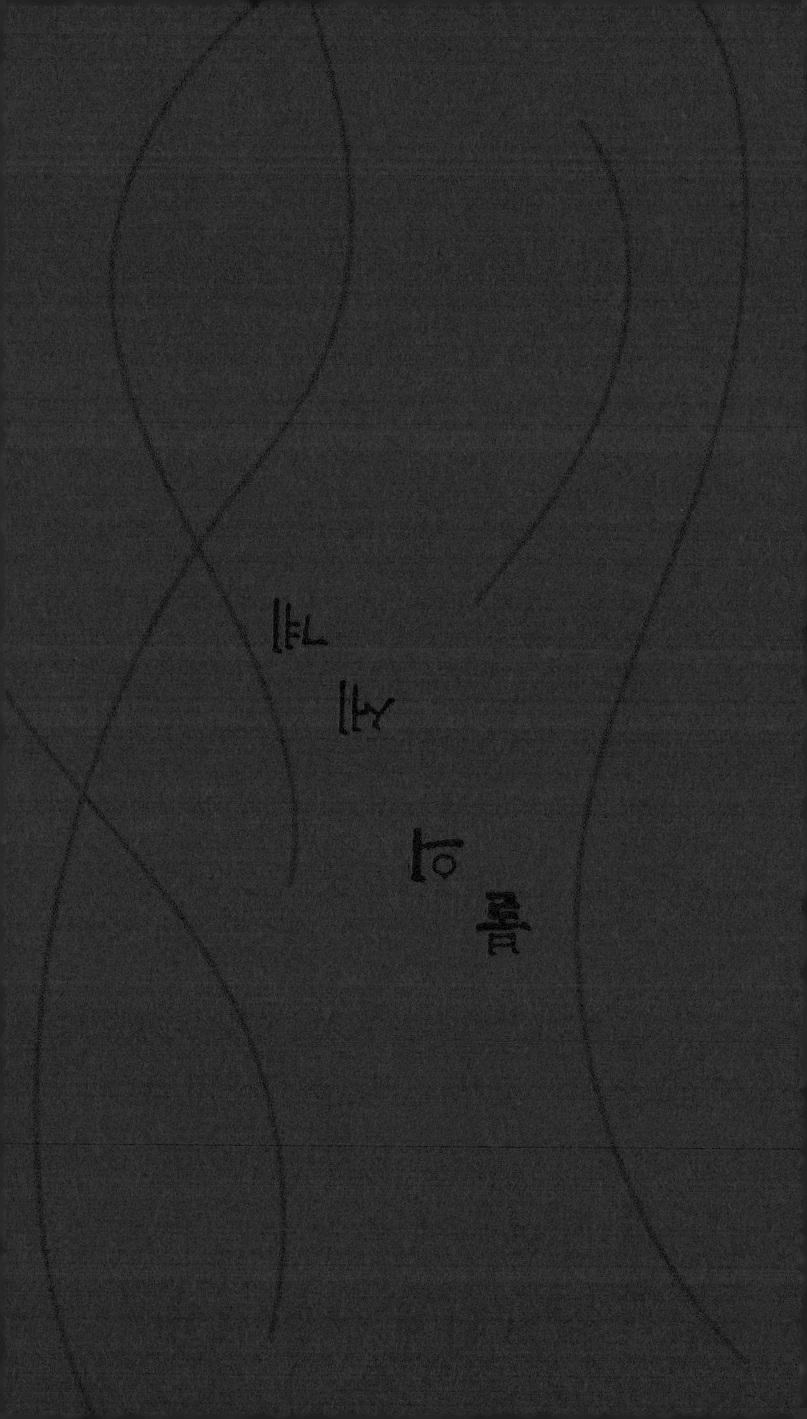

그대의 싸움터

우리 다시 날아오르자.
이번엔 공간이 아니라 시간 속을 나는 것이다.
하늘은 온통 노란 불빛과 빨간 핏빛이다.
D코드를 주조로 한 음악이 흐른다.
악기는 앰프의 지원을 받는 현대적인 것들이다.
비브라토가 포화 상태에 달한 전기 기타,
기묘한 소리를 내는 신시사이저,
사람의 육괍까지 떨리게 만드는 베이스 기타,
빠르게 휘몰아 가는 드럼.
저 아래에서 포성과 총성이
리듬에 맞추어 올라오고 있다.

기이한 하드록이다.

내려가 보자.

큰 전쟁이 벌어졌던 싸움터들이

차례차례 나타났다 사라진다.

그리스군에 포위된 트로이,

거대한 목마 속에 숨어 들어간

그리스 병사들이 동료들에게 성문을 열어 주자,

프리아모스 왕이 절망에 빠진다.

칼과 칼이 부딪는 소리.

바빌론 왕 느부갓네살의 군사들에 에워싸인

예루살렘.

그리스군과 페르시아군이 격돌한 마라톤 전투.

한니발이 이끄는 카르타고군의

보석 갑옷을 입은 코끼리들이 로마군 진영으로

쳐들어가

날 세운 어금니로 적군의 방패를

단번에 쪼개 버린다.

소(小)스키피오가 지휘하는

로마군의 캐터펄트 공격을 받고

불길에 휩싸인 카르타고.

로마군을 피해 온 이스라엘 애국 당원들이

바위 꼭대기에 올라가 맘껏 저항하는

마사다 요새.

아쟁쿠르 전투,

너무 무거운 갑옷을 입은 비둔한 프랑스 기사들이

영국 궁수들의 대오를 서툴게 공격하고 있다.

허공을 가르며 날아오르는 화살들.

〈무적 함대〉라는 이름이 무색한

에스파냐 아르마다 함대의 전투,

덩치 큰 에스파냐 범선들의 맹전에서

작고 날렵한 영국 배들을 향해

일제히 총알이 날아간다.

파리 군중의 바스티유 공략.

굉굉한 대포 소리.

나폴레옹의 오스테를리츠 전투,

번쩍이는 총검의 대열에 맞선

군도 돌격,

센박이 두드려진 북과 피리 소리가

살육지계(殺戮之計)를 고무할 때,

장군들은 멀리에서 망원경으로

전장을 살피고 있다.

크리미아 전쟁의 격전지 세바스토폴.

청나라 태평 천국의 난.

미국의 남북 전쟁.

남아프리카의 보어 전쟁.

배르됭 전투.

군데군데 나사가 조금씩 풀린 작고 가벼운 전차들이
적진의 철조망을 뭉그러뜨리고 넘어가
말 탄 병사들에게 충격을 가한다.
참호에 몸을 반쯤 묻은 병사들의 모습은
마치 두더지를 보는 듯하다.
요란한 기총 소사 소리.
러시아 혁명.
에스파냐 내전.
일본군의 진주만 기습.
눈과 피와 눈의 대비가 선연한
스탈린그라드 전투.
맹수처럼 포효하며 어둠을 밝히는
로켓포.
노르망디 상륙 작전,
상륙 함정에서 쏟아져 나온 병사들이
휙휙 스쳐 가는 총알을 용케 피하며
해변을 달린다.
원자탄 투하,
히로시마와 나가사키 상공에
버섯구름이 피어오른다.
인도차이나 전쟁.
한국 전쟁.
베트남 전쟁. 6일 전쟁.

이란·이라크 전쟁. 걸프 전.

르완다의 학살, 아프가니스탄의 학살······.

분쟁과 폭력이 끝없이 펼쳐진다.

불, 난파마의 혈떡임, 시체를 노리는 콘도르,

강철, 진창, 엉겅퀴, 쥐, 까마귀 따위가

도처에 있다.

이제 우리가 내려갈 싸움터는

포탄을 맞아 생긴 구멍이 숭숭 뚫려서

달나라에 착륙했다는 착각이 들 만한 곳이다.

부러진 나무들이 잎마저 잃은 채

죽음을 맞고 있다.

하늘은 누르칙칙하고 군데군데 청록색 띠가

길게 꼬리를 드리우고 있다.

뜨겁게 달아오른 쇠붙이 냄새와 불 냄새와

피비린내가 진동한다.

지평선에서 수천의 병사들이 죽이고 절단하고

파괴하기 위해 돌진하는 소리가 들려온다.

화염 방사기가 불을 뿜고, 박격포와 바주카포가

포탄을 터뜨릴 때마다 강한 파동이 인다.

탄환이 비 오듯 쏟아지고 비명(悲鳴)이 곳곳에서

일어나는 아비규환 속에서

마지막 남은 나무들마저 불길에 휩싸여

마치 횃불이라도 되는 양

사람들의 그 기이한 의식에
빛을 비추고 있다.
의식은 갈수록 무시무시해지고
참혹해진다.
그대는 바로 이 싸움터에서
그대 안의 온갖 두려움과 싸워야 한다.
이건 그대만의 외로운 싸움이다.
그대의 갑옷을 입고 투구를 쓰고
왼손에 잡은 방패를 꼭 그러쥐라.


**투쟁에 대한 두려움을 이기기 위한 싸움**

그대가 맞서 싸워야 할 첫번째 적은
20미터 길이의 거대한 뱀과 비슷하다.
그 뱀은 투쟁에 대한 그대의 두려움을 상징한다.
손을 펴서 들어 올린 다음,
그대의 보검을 부르라.
칼이 스스로 그대의 손에 들어온다.
거대한 뱀이 그대 쪽으로 기어 와
몸을 일으키고 머리를 쳐든다.
필요하다면, 그대는
눈이 부리부리하고 긴 갈기가 비단 같은

검은 말에게 도움을 청할 수 있다.
말은 금속판으로 지은 마주(馬胄)를 입고 있다.
그 가슴에는 기다란 가슴걸이가 달려 있고,
박차의 갈퀴진 끄트머리가 그 옆구리를 찌른다.
말이 뜨거운 콧김을 내뿜는다.
밧줄을 잡은 손으로 거머쥐고 있는 고삐가
용솟음치려는 말의 엄청난 힘을
가까스로 억누르고 있다.
그대는 그 힘을 느끼고 있다.
말이 뒷다리로 버티며 일어서서
앞발로 허공을 휘젓는다.
그대는 보검을 높이 치켜든다.
거대한 뱀이 아가리를 쩍 벌리고
두 갈래로 갈라진 혀를 날름댄다.
뱀의 입이 그대의 투구를 스치며
쩍 하고 음산한 소리를 낸다.
그대는 뱀이 토해 낸 숨이 하도 역겨워서
말에서 떨어지고 만다.
그러나 이내 다시 일어나 칼을 그러쥔다.
그대는 안정된 자세로 버티고 서 있다가,
뱀의 머리가 가까이 다가들자마자
날렵하게 칼을 내어 휘두른다.
첫 공격을 피한 뱀이 다시 달려든다.

그대는 몸을 잽싸게 돌리면서
뒤에서 적에게 기술을 가한다.
보다시피, 이 뱀은 공략하기가 그다지 어렵지 않다.
적이 쓰러졌다.
그대는 서슬 푸른 칼날로 적의 머리를 벤 다음,
허공에 들어 올려 흔들어 댄다.
그대는 승리의 함성을 내지른다.
됐다, 그대는 이제 싸우는 것을 두려워하지 않는다.
어떤 적과도 맞서 싸울 수 있다는 자신감이
그대에게 생긴 것이다.
때마침, 그대의 두 번째 적이 나타난다.
검은 장검을 비껴 찬 사무라이의 모습이다.
그대에게 낯익은 얼굴이다.
그대에게 가장 큰 해악을 끼친 사람,
악몽을 꿀 때 그대가 더러 만나기도 하는
바로 그자다.
그대는 늘 저자를 때려눕히고 싶어했다.


개인적인 적과 싸우기


그가 마침내 여기 그대 앞에 있다.
그는 그대를 압잡아 보면서

칼로 한 판 겨뤄 불태우며 싸움을 걸어 온다.

그대는 재빨리 칼을 집어 들고

넓적다리에 쓱 문질러 닦은 다음

방어 자세를 취한다.

그가 내두른 장검이 그대를 스치며 지나간다.

아주 날쌘 동작으로 그가 잇단 공격을 가하자,

그대는 방패와 칼로 그것을 막아 낸다.

수세에 몰리지 말고 적의 기세를 제압해야 한다.

그대가 마음만 먹으면 얼마든지 가능한 일이다.

그대의 오감이 활짝 열려 있어서,

그대는 무엇이든 매우 빠르게 지각할 수 있다.

적이 그대에게 일격을 가해야겠다고 마음먹은 순간과

그대가 그 공격을 받는 순간 사이에는

무한한 시간이 존재한다.

그가 다시 공격해 온다.

그러나, 그대는 이제 적의 일격 일격을

한순간 앞서 알아차리며 막아 내고 있다.

적에게 반격을 가하기에 앞서

그대는 적의 행동을 침착하게 연구한다.

마치 텔레비전에서

테니스 경기를 보고 있기라도 한 것처럼 말이다.

그대는 적의 습관적인 행동과 무의식적인 버릇과

그의 방어 자세가 흐트러지는 극히 짧은 순간들을 알아낸다.

그대는 호기를 기다리며
그의 주위를 돈다.
마치 싸움소 주위를 도는 투우사처럼.
구석에 몰리지 말고 중앙을 차지하라.
그대의 움직임이 그리는 곡선을 끊기지 않게 하라.
그대의 약동에 자연스럽게 몸을 내맡기라.
그대의 결투가 춤으로 변하고 있다고 생각하라.
설령 패한다 하더라도
그리 애수로울 것이 없다는 편한 마음을 가지라.
만에 하나 실패할 수도 있다는 생각을 받아들이되,
결투의 미학은 포기하지 말라.
지더라도 멋있게 지기를 소망하라.
그대에게 승리를 안겨 줄 수 있는 것은
그대의 무기가 아니라,
적을 꿰뚫어 보는 그대의 능력이다.
적의 마음을 너무 잘 헤아리게 된 나머지,
그가 마음에 들기 시작한다 하더라도
걱정할 필요는 없다.
원수를 사랑하라.
그것이 그의 신경을 거스르는 최선의 방법이다.
그는 무슨 까닭으로 그대에게 이토록 공격적인 태도를
보이는 것일까?
그것은 그가 두려움을 갖고 있기 때문이다.

그대가 맞서 싸우고 있는 것은 그가 아니라

그의 병적인 두려움이다.

그를 더 연구하라.

그의 내면에는 늑대를 무서워하고,

어둠을 두려워하고, 엄마와 떨어지기를 싫어하는

어린아이가 있다.

그 아이의 마음을 느껴 보라.

그가 그대를 원망하는 것은 바로 그 아이의

두려움 때문이다.

어쩌면 그를 쓰러뜨리기보다는

그를 도와 주어야 할지도 모를 일이다.

하지만, 그러기엔 너무 늦었다고

그대는 느끼고 있다.

그는 이제 누구의 말에도

귀를 기울일 수 없는 사람인 것이다.

결국 그가 더 이상 그대를 공격하지 못하게 만드는 수밖에 없다.

완벽한 기회가 왔다 싶거든

간단한 일격을 가하라.

딱 죽 걸기 한 방이면 충분하다.

그가 균형을 잃고 쓰러진다.

그 광경은 느린 동작 화면을 보는 것처럼 펼쳐진다.

그의 얼굴에 놀란 기색이 역력하다.

쓰러지는 동작이 계속되고 있다.

그는 그토록 어리석게 행동한 자신을 원망하고 있는 듯하다.

그가 마침내 땅바닥에 쓰러진다.

보라, 패자의 모습을.

그대가 예전엔 미처 생각하지 못했겠지만,

무릇 세상 일이 뜻대로 안 돌아가면

누구나 저렇게 코무라쳐 땅에 입 맞출 때가 있게 마련이다.

그에게 몸을 숙여 감사의 뜻을 표하라.

멋있게 싸워 준 것에 대해서,

그로 인하여 얻은 깨우침에 대하여,

언제나 그대의 적들에게 감사해야 한다.

그들이 없다면 그대가 발전하지 않을 테니 말이다.


**체제나 조직에 맞서 싸우기**


벌써 그대의 세 번째 적이 나타난다.

굳건하고 거대하고 냉혹한 상대다.

무엇이든 으스러뜨리는 무한 궤도를 갖춘 자다.

바로 그대가 소속되어 있는 사회 체제다.

그 높은 망루들 위에 낯익은 얼굴들이 보인다.

그대의 선생님들이나

상사(上司)들의 모습이 보이고,

경찰관, 군인, 사제,

정치인, 공무원, 의사 등의 얼굴도 보인다.
그들은 모두
그대의 행동이 옳은지 그른지를 가려 주고,
그대가 무리 속에 남아 있기 위해서
취해야 할 행동이 무엇인지를
가르쳐 주는 사람들로 간주되고 있다.
이 체제와 맞서 싸우는 데에
그대의 말은 아무 쓸모가 없다.
그대가 체제를 공격할라치면,
상대는 갖가지 종잇장을 포탄처럼
그대에게 퍼붓는다.
성적 통지표라든가,
교통 법규 위반 딱지,
환불받기 위해서 작성해야 할 사회 보험 서류,
연체금이 가산된 납세 고지서,
해고 통보서,
실업 수당을 받을 권리가 종료되었음을 알리는 문서,
집세, 관리비, 전기세, 수도세, 전화 요금,
주민세, 재산세, 시청료,
압류 경고, 불량 거래자 명단에 올리겠다는 협박,
가족 상황 기재가 누락되었다는 통고,
2개월 이내에 발급된 주민 등록 등본을
제출하라는 요구 등

온갖 종잇장이 날아든다.
체제는 너무 거대하고 무겁고 복잡하며,
너무나 고리탑탑하다.
사람들은 체제에 속박되어,
체제가 이끄는 대로 고분고분 따라간다.
어떤 이들은 마감 날짜를 넘긴 탓에
어찌할 바를 몰라 하며 허둥거리고,
어떤 이들은 무슨 공문서 하나를
갖추지 못해 갈팡질팡한다.
또 더러는 너무 답답함을 느낀 나머지
목을 조금 빼 늘이는 사람들도 있다,
체제가 그대 쪽으로 다가와,
쇠 목걸이를 내밀고 있다,
이미 모든 사람들을 속박하고 있는
그 사슬에 그대를 얽어매려는 것이다.
체제는 여유작작하다.
아무 저항도 받지 않고
모든 일이 순조롭게 이루어지리라는 것과
그대에겐 선택의 여지도 속박을 피할 방법도
없다는 것을 알고 있기 때문이다.
그대는 어떻게 할까 하고 스스로에게 묻고 있다.
내 대답은 이렇다.
체계에 맞서서 혁명을 해야 한다.

무엇을 한다고?

혁명.

말이 끝나기가 무섭게

그대는 머리에 빨간 띠를 두르고

거리에 굴러다니는 깃발 하나를 집어 들더니,

그것을 흔들며 〈체제 타도!〉 하고 외친다.

그대가 잘못 생각하고 있어서 심히 걱정스럽다.

그런 식으로 행동해서는

승리할 가능성이 전혀 없을 뿐만 아니라

체제를 더욱 공고하게 만들어 준다.

보라, 체제는 〈그대의〉 혁명에 맞서

스스로를 지킨다는 명분을 내세우며,

사람들을 옭아매고 있는 목걸이를

벌써 한 칸 더 죄었다.

사슬에 묶인 이들은 그대를 고맙게 여기지 않는다.

쇠를 물어뜯어서라도

목걸이를 조금 더 느슨하게 만들 수 있으리라던

작은 희망이 있었는데,

그대 때문에 그마저 더 어렵게 되어 버렸기 때문이다.

이제는 체제뿐만 아니라 사슬에 묶인 이들도

모두 그대를 적대시한다.

게다가, 그대가 흔들고 있는 그 깃발은

정말 〈그대의 것〉인가?

미안하다, 그대에게 진작 알려 주었어야 하는 건데.

체제는 반대자들의 힘을 스스로의 자양으로 삼는다.

때로는 제 스스로 반대자들의 깃발을 만들어서

그들에게 내맡기도 한다.

결국 그대는 허방다리에 빠진 셈이다.

그렇다고 너무 상심할 건 없다.

그대가 처음은 아니니까 말이다.

문제는 이제부터 어떻게 하느냐에 달렸다.

그대 어찌할 텐가, 복종할 것인가?

아니다.

지금 그대는 체념하기 위해서가 아니라

승리하는 법을 배우기 위해

여기에 있는 것이다.

체제에 맞서기 위해서는

다른 형태의 혁명을 창안해야 한다.

나는 우선 그대에게 이렇게 제안하고자 한다.

남들을 변혁시키려고 하기보다는

그대 스스로를 먼저 변화시키라고.

남들이 완전해지기를 바라기에 앞서

그대 자신을 발전시키라고.

탐구하라, 발명하라, 창안하라.

탐구자, 발명자, 창안자,

그들이야말로 진정한 반골이다!

106

그대의 뇌야말로 정복해야 할

단 하나의 영토다.

그대의 칼을 내려놓으라.

질투심이나 복수심이나 난폭한 마음을

모두 버리라.

모든 투사들에게 쓰라린 좌절을 안겨 준

그 거인을 쓰러뜨리려 하지 말고,

그대 선 자리에 흙을 돋우어

그대 자신의 건물을 지으라.

발명하라, 창조하라, 뭔가 다른 것을 제안하라.

처음엔 비록 한낱 모래성처럼 보일지라도,

그것이야말로 체제라는 적을 공략하는

가장 훌륭한 방법이다.

큰 뜻을 품으라.

그대 자신의 체제를 기존의 체제보다

더 좋은 것으로 만들려고 노력하라.

그러면, 낡은 체제는 저절로

뒤로 처지게 될 것이다.

체제가 사람들을 억압하는 것은

주목할 만한 대안을 제시하는 사람이

아무도 없기 때문이다.

오늘날 우리에게 제시되고 있는 길은

두 가지다.

먼저, 체제가 이대로 지속되기를 바라는

보수주의 세력이 한편에 있다.

다른 한편에는, 보수주의에 맞서 싸우자고 주장하면서도

과거에 대한 그리움 때문에

결국은 옛날의 체제로 돌아가고자 하는

반동 세력이 있다.

그 두 길은 막다른 끝이므로,

그리 가지 않도록 조심해야 한다.

진정 앞으로 나아가게 하는

제3의 길이 반드시 존재한다.

그 길을 상상하라.

체제를 공격하지 말고 낙후시키라!

자, 어서 그대의 건물을 지으라.

그대의 상징을 불러내어 그대의 모래성에

들여놓으라.

그대의 빛깔, 그대의 음악, 그대가 꿈꾼 영상들을

모두 그 안에 넣으라.

보라,

체제에 균열이 생기기 시작한다.

더욱 놀라운 것은 체제가 그대의 일에

관심을 보이고 있다는 것이다.

체제는 그대의 작업을 검토해 보고 나서,

계속하라고 그대를 격려한다.

정말 믿어지지 않는 일이다.
체제가 뜻밖에도 심술궂은 태도를 보이지 않고 있다.
스스로가 낡았다는 사실을 체제는 알고 있다.
그래서 오래 전부터 누군가가 그대처럼 용기를 내어
새로운 것을 제안해 주기를 기다려 온 것이다.
사슬에 묶인 이들도 자기들끼리 토론을 벌이기 시작한다.
그들은 자기들도 그대처럼 할 수 있다고
의견을 모은다.
그들을 지원하라.
창안과 발명이 늘어나면 늘어날수록,
낡은 체제는 스스로의 특권을 자꾸자꾸
포기하게 될 것이다.


## 질병과 싸우기


자 이제 그대의 네 번째 적이 나타난다.
그 모습이 마치 어두운 빛깔의 작은 게들로
이루어진 군단을 보는 듯하다.
아감창이나 인후통이나 열병을 가져오는 자들이 있는가 하면,
눈을 충혈시킨다든가 속을 쓰리게 하는 자,
마른버짐을 피게 하는 자,
관절이나 근육을 뜨끔뜨끔 아프게 하는 자들도 있다.

또, 어떤 자들은 재채기, 기침, 콧물, 가래,

가려움증, 부스럼, 두근거림 따위를 불러일으키기도 한다.

그대가 안고 있는 몇 가지 건강 문제는

다른 적들과 싸울 때 사용했던

보검이나 보래성으로는 해결되지 않을 것이다.

먼저 그대의 면역 체계에 도움을 청하라.

그러면, 밝은 빛의 작은 개들이

그대 몸 안의 동굴에서 무수히 쏟아져 나온다.

그것들이 바로 질병과 맞서 싸우는

그대의 정예군이다.

두 군대가 서로 다가든다.

한쪽엔 질병이 있고,

다른 한쪽엔 그대의 림프구가 있다.

림프구는 저마다 어떤 질병에 맞서 싸운다.

그대의 정예군에게 응원을 보내라.

억눌린 감정을 풀어헤치라.

말라디는 말라디르[1]에서 나온다는 사실,

즉 병은 말을 제대로 못 하는 데에서

생긴다는 점을 명심하라.

그대 몸 안에서 벌어지는 복잡한

화학 작용을 활용하라.

1    프랑스어 말라디maladie는 〈병〉을 뜻하고, 말라디르mal à dire는 〈말하기 어
     려움〉이라는 뜻이다.

그대의 몸은
진통제나 소독약, 항응고제, 소염제 등을
제 스스로 만들어 낼 줄 안다.
그 점을 잊지 말기 바란다.
아마도 그대는 지금 그대가 믿고 있는 것보다
훨씬 더 강력하게 병과 싸울 수 있을 것이다.
만일 그대의 군대만으로 충분치 않다면,
다른 전술을 하나 제시하고자 한다.
우선 뒤로 물러난 다음,
적을 섬멸하려 하기보다는
차라리 그대의 손상되지 않은 튼튼한 구역을
요새화하는 데 주력하라.
그대의 림프구군이 패퇴시킬 수 없었던
몇몇 질병들도 그대의 튼튼한 요새로는
진군해 올 수 없다.
그대의 요새에서 적은 전혀 힘을 쓸 수 없다.
적군이 승산 없는 마지막 공격을 시도하고 있다.
그대의 신열로 적을 불태워 전멸시키라.


불운과 싸우기

그대의 다섯 번째 적은 불운이다.

그것은 잿빛 안개와 같다.
미안한 얘기지만,
그것에 맞서서 할 수 있는 일은 정말이지
아무것도 없다.
그래서 그대는 안개가 그대를 덮쳐 와도
땅바닥에 가만히 엎드려 있을 뿐이다.
그대가 움직이면
불운이 그대를 물어뜯으리라는 것을
알고 있기 때문이다.
그대는 아무런 대응도 보이지 않고,
아무 생각도 없이
그저 안개가 걷히기만을 기다린다.
불운은 두려움의 대상이 아니다.
사람이 늘 승리하면서 살 수는 없다는 사실을
받아들이라.
불운은 어떤 싸움의 승패를 결정짓는
여러 요소 가운데 하나일 뿐이라고 생각하라.
불운을 적으로 여기기보다는,
맑은 날씨를 더욱 잘 즐길 수 있게 해주는
비와 같은 것으로 생각하라.
불운은 그대 스스로를 되돌아보게 하고
그대를 발전시킨다.
불운 앞에서 그대는 무력할 수밖에 없다는 사실을

받아들이고, 몸을 웅크리면서
불을이 그대 위로 미끄러져 내리는 것을 느끼라.
이번만큼은 싸움을 자제할 줄 아는 사람이
진정한 전사다.
진정한 전사는 질 줄도 알아야 한다.
그대가 앞으로 나아가기 위해서는
실패도 반드시 경험해야 한다.


죽음과 싸우기


여섯 번째 적은 죽음이다.
신화에 나오는 것처럼, 바로 그 적이
찢어진 외투를 걸친 해골의 모습으로
나타난다.
적은 살 썩는 냄새를 풍기며
높이 손 커다란 낫을 흔들고 있다.
외투에 달린 두건에 가려 잘 보이지는 않지만,
눈구멍이 훵하게 뚫린 머리뼈를 언뜻 본 것만으로도
그대의 피가 얼어붙는 듯하다.
죽음이 귀에 거슬리는 쇄된 음성으로
그대에게 말을 걸고 있다.
사람들은 이제 죽음을 어떻게 받아들여야 하는지를

알지 못하기 때문에,
마치 죽음이 존재하지 않는 것처럼
행동하고 있다는 것이다.
아닌 게 아니라, 요즈음의 세태를 보면,
새로운 세대는 그 <의례>에서 면제될 것처럼
믿게 하는 경향이 있다.
죽음이라는 말조차 금기가 되는 풍조는
바람직하다고 볼 수 없다.
예전에는 노인들이 돌아가시기 전에,
손자 손녀들이 할아버지가 늙고 쇠약해져 가는
긴 과정을 곁에서 지켜볼 수 있었다.
그런데, 오늘날에는 노인이 병원으로 떠나고 나면,
전화가 와서 <끝났다>고 알리는 날까지
할아버지를 더 이상 보지 못한다.
끝나기는 무엇이 끝났단 말인가?
상속인들의 오랜 기다림이 끝났다는 것인가?
아니면, 노인이 편찮으시다는 것을 생각할 때마다
늘 가슴 한구석을 짓누르던 스트레스가?
아니면, 병원 입원비의 부담이?
어쨌거나, 세태가 그렇게 달라짐으로써,
이젠 죽음이 무엇인지를 아무도 모르게 되었고,
죽음이 임박하면 그 거대한 미지의 것 앞에서
두려움을 갖게 되었다.

또, 영상 매체가 잔혹한 살육 장면을
끊임없이 보여 준 탓에,
사람들은 스스로가 죽음에 무감각해졌다고
믿게 되었다.
그러나 그것은 거짓 용기일 뿐이다.
사람들은 죽음이 어떤 것인지를 알려고
노력은 할 수 있을지 몰라도,
죽음이라는 적을 길들이지는 못한다.
물론 몇몇 부족 사회는 죽음과 관련된
어떤 의례를 여전히 유지하고 있다.
그런 사회의 아이들은 죽음을 받아들이고
죽은 이를 존중하도록 교육을 받는다.
장례식이 있을 때는
온 마을 사람들이 참석하여
망인이 떠나는 것을 지켜보면서
죽음의 의미를 되새긴다.
그러나 그런 의식은 점점 더 드문 일이 되어 가고 있다.
해골의 모습으로 나타난 죽음이
손가락뼈를 내밀어 그대를 만지려고 한다.
그대는 떨고 있다.
그러나 해골이 동작을 멈춘다.
그대를 데려가기 전에 뭔가를 가르쳐 주려는 것이다.
그의 나무라는 소리를 들어 보라.

애긴죽순,
사람들이 송장을 밀봉된 관에 넣기 때문에
구더기들이 다시는 사람들의 죽은 몸을
먹을 수 없게 되었다는 것이다.
사실 사람들의 죽은 육신은 더 이상
흙을 기름지게 만드는 데 쓰이지 못하고
자연의 순환에 되맡겨지지 않는다.
그것이 얼마나 그릇된 일인지를
깨달아야 한다.
죽음은 〈공익〉에 기여함으로써
스스로를 인정받고 싶어한다.
사람들은 어찌하여 그런 쪽으로 나아가지 않는가?
그대에게 죽음에 대한 두려움이 있음을
분명히 인식하고,
그 두려움을 승화시키라.
그대가 이승에서 사라진다고 할 때
무엇이 문제가 되는지를 분석하라.
그대가 두려워하는 것은 아마도
벗이며 사랑이며 재산 등을 잃게 되는 것이리라.
그대가 두려워하는 것은 아마도
해야 할 일을 다 이루지 못했다는 것이리라.
그대가 두려워하는 것은 아마도
과거에 저지른 잘못 매문에 대가를 치르는 것이리라.

아니, 어쩌면 그대는 단말마의 고통이나

지옥에 가는 것을 두려워하고 있을지도 모른다.

결국, 죽음을 생각하면서 그대가 두려워하는 것은

그대처럼 중요한 사람이 더 이상

존재하지 않게 된다는 것이리라……

죽음이 다가온다.

그대의 비밀 무기를 꺼내어 사용할 때가 되었다.

지금 이 기회를 놓치면 안 된다.

그 비밀 무기란 바로 해학이다.

그대는 다가드는 적에게 우스갯소리를 하나 하겠다고 제안한다.

죽음이 깜짝 놀라 걸음을 멈춘다.

누구든 농담에는 호기심을 느끼게 마련이다.

그대는 그대가 아는 가장 재미있는 이야기를

적에게 들려준다.

적은 자기 안에서 웃음이 솟고 있음을 느낀다.

그에게 웃음을 터뜨리고 싶은 욕구가 생긴 것은

그대의 이야기가 특별히 재미있어서가 아니라,

우선은 이렇게 자기에게 농담을 한다는 것 자체가

너무나 엉뚱하기 때문이다.

적은 침착성을 잃지 않기 위해서,

일단 후퇴하기로 한다.

그가 멀어져 가면서 픗픗 하고 웃음을

흘리는 소리가 들린다.

해학은 죽음보다 강하다.


그대 자신과 싸우기


이제 그대의 일곱 번째 적을 마주할 차례다.
상대는 다른 적과 대결할 때보다
한결 진지한 태도로 대해야 할 자이며,
가장 까다로운 적이다.
그 사람은 그대를 닮았고
그대의 온갖 결점과 장점을
다 지니고 있다.
상대는 바로 그대 자신이기 때문이다.
그대는 스스로와 늘 갈등을 빚으며 살아왔다.
이제 그대 자신과 정면으로 맞설 수 있는
절호의 기회가 왔다.
그대 자신과 싸울 때는,
스스로를 엄폐하거나 은폐할 수도 없고,
칼싸움이나 유머 대결을 벌일 수도 없다.
상대가 제안한 것은 카드 게임이다.
그대는 탁자를 사이에 두고 적과 마주 앉는다.
그는 카드 한 벌을 들고 있다.
그대가 가지고 있는 카드와 똑같은 것이다.

카드에는 보통의 무늬와 그림 대신
과거에 그대가 겪은 일들이 그림으로 표현되어 있다.

그는 카드를 부채처럼 늘어놓더니,

그대를 뚫어지게 바라보면서

천천히 카드 한 장을 골라 뒤집는다.

그대가 그토록 잊고 싶어했던

고통스러운 추억 하나가 되살아난다.

이번엔 그대가 카드를 내놓을 차례다.

그대는 되도록 기분좋은 기억이 담긴

카드를 보여 주려고 한다.

그러면 그럴수록 상대는 더욱 강력한 카드로

그대를 제압하려 할 것이다.

그러니 그대의 지난 일 중에서

가장 기억하기 싫은 것을 선택하라.

부끄러움을 버리고 알몸을 드러내라.

상대방 역시 그대를 제압하기 위해서는

알몸을 드러내지 않을 수 없다.

그대의 사소한 잘못조차 용서하지 않으리라고

마음을 다잡으라.

그대의 비열함과 비겁함,

배은망덕, 남의 고통에 대한 무관심,

나태, 배신 따위를 보여 주는 카드를

내놓으라.

그대는 과감하게 그대의 가장 깊은 상처를
상대방에게 보여 준다.
그러자, 스스로를 바라보는
그대의 그 가차 없고 거리낌 없는 시선에
상대방은 궁지에 몰린다.
그대가 그에게 소리친다.
이젠 그대 자신과 대립할 까닭이 없노라고.
지금이야말로 그대 자신과 화해할 수 있는
절호의 기회다.
상대방은 탁자를 뒤집어엎고
카드를 바닥에 내던진다.
그대는 그에게 손을 내밀며,
이제부터 좋은 친구가 되자고,
앞으로는 서로 간에 완전한 합의가
이루어지지 않은 일은 하지 말자고
제안한다.
그가 받아들인다.
이제 싸움은 끝났다.
불의 세계를 떠나자.
잠시 쉬면서 피로를 풀기로 하자.

# 물의 세계

**호반의 휴식**

이제 우리는 고운 모래가 깔린
호숫가에 와 있다.
모래가 햇살을 받아 미지근하다.
이곳은 온통 파스텔 색조로 이루어진 세상이다.
물은 연보랏빛이 도는 청록이고,
모래는 자홍색을 띤 검은빛이다.
A코드의 음악이 흐른다.
주로 현악기로 연주되는 선율이다.
하프, 만돌린, 기타, 바이올린소리가 들린다.
비발디를 연상시키는 음악이다.
물가에서 홍학들이 무리를 이루어 춤을 춘다.
호수 한가운데에는 섬이 있고

섬 안에는 하얀 대리석으로 지은
거대한 분수대가 있다.
그대는 모래밭에 앉아
상처를 치료한다.
불의 세계에서 그대는 많은 고통을 겪고
많은 것을 배웠다.
우리 여행이 아직 끝난 것은 아니지만,
지금까지 겪은 일을 생각하면
잠시 휴식을 취하는 것이 마땅한 일일 듯하다.
물속이 편안하고 아늑해 보인다.
그 물에서 미역을 감고 싶은 욕구가 인다.
그러나 지금 당장은 아니다.
그대는 우선 갑옷과 투구를 벗고
방패를 내려놓고 칼을 허공에 던져 버린다.
칼은 멀리 날아가더니 원래 있었던 자리,
곧 그대의 안식처로 돌아가 칼집에 스스로 꽂힌다.
그대는 옷을 벗고 벌거숭이가 된다.
날씨는 따뜻하다.
그대 마음이 고요하게 가라앉는다.
그대는 미지근한 모래밭 위에 몸을 쭉 뻗고 누워,
그대의 상징을 불러낸다.
그러자, 상징은 보석 상자를 떠나 그대의 손 안에 들어온다.
그대는 그것을 심장 속에 밀어 넣는다.
강한 활력이 다시 용솟음친다.
오감의 창문들이 활짝 열려

온갖 파동을 받아들인다.
그대는 팔다리를 편하게 벌려 쭉 뻗는다.
발가락까지 부채꼴로 한껏 펼친 채.
기분이 상쾌하다.
그대는 숨을 깊이 들이마신다.
허파 속에서 가만가만 살랑대는
물결을 느껴 보라.
앞으로.
뒤로.
휴식, 평안, 회복.
그대의 정신은 짧은 시간에
많은 일을 해냈다.
그런 일이 가능하리라고는
예전엔 미처 몰랐으리라.
그렇지 아니한가?
호수를 보라.
커다란 동물들이 수면 위로 뛰어올라
물속에 들어와 헤엄을 치라고
그대에게 권하고 있다.
돌고래들이다.
그대는 물속으로 들어간다.
물은 미지근하고 소금기가 있다.
이 호수는 바닷물로 된 함수호다.
돌고래들이 그대 주위를 돌고 있다.
그대와 돌고래들은 텔레파시로 대화를 나눈다.

그들의 이야기는 이러하다.
옛날 옛적에 돌고래들은 뭍에서 살았다.
그러다가 그들은 다른 포유동물과는 달리
물속으로 돌아가는 쪽을 선택했다.
물속에서는 아무런 제약 없이
어느 방향으로든 움직일 수 있다는 것과
물이야말로 경이로운 생명의 원천이라는 사실을
깨달았기 때문이었다.
물속에서는
의복도
집도
나라도 필요 없다.
돌고래들이 그대에게 장난을 치면서 함께 놀자고 한다.
그대는 그토록 즐겁게 사는 비결이 무어냐고
묻는다.
그들은 항상 꿈을 꾸며 사는 것이 그 비결이라고
대답한다.
그들의 설명이 이어진다.
돌고래 뇌의 반쪽이 활동하는 동안
나머지 반쪽은 잠을 잔다.
그러니까 그대와 놀고 있는 이 순간에도
그들은 꿈을 꾸고 있는 셈이다.
그대가 돌고래들에게 그러면 진짜 수면을 취하는 때가
전혀 없느냐고 묻는다.
돌고래들은 없다고 대답한다.

물속에 있다가도 숨을 쉬기 위해서는
수면으로 올라와야 하기 때문이다.
만일 그들이 잠을 자느라고 꼼짝 않고 있다가는
숨이 막혀 죽고 말 것이다.
그런데, 돌고래들이 뜻밖의 사실을 그대에게
일깨운다.
그대도 지금 자기들처럼 하고 있다는 것이다.
지상의 어느 한 곳에서 『여행의 책』을 읽고 있는
그대는 분명히 현실 속에 있지만,
그대의 정신은
책 속에 투영된 꿈의 세계를 여행하고
있지 않느냐는 것이다.
그들이 덧붙인다.
깨어 있으면서 동시에 꿈을 꿀 수 있게 되는 것,
인류는 어쩌면 그런 쪽으로
진화하게 될지도 모른다고.
돌고래들은 작은 울음소리를 내면서,
그대가 벌써부터 진화의 방향을 간파한 걸 보니
혹시 돌연변이체가 아니냐며
그대를 놀린다.
〈돌연변이 정신!〉〈돌연변이 정신!〉 하고
그들이 장난스럽게 소리친다.
그대가 되받는다.
진화하고 싶은 건 사실이지만
돌연변이체는 아니라고.

돌고래들은 정신을 변화시키는 것 자체가
이미 생물학적 진화라고 주장한다.
늙은 돌고래 하나가 덧붙인다.
〈만일 인류가 큰 잘못을 저지르지 않는다면
2 5만 년쯤 후에는 아마도 그런 쪽의 진화에
도달하게 될 것이다.
그런 점에서, 그대는 미래 인류의 원형에 속한다.〉
돌고래들은 일제히 웃음을 터뜨리며
그대를 둘러싼다.
〈돌연변이 정신!〉〈돌연변이 정신!〉 하고
그들이 되풀이하여 소리친다.
가장 나이 많은 돌고래가 다가와
그대에게 진화의 비결을 일러 준다.
그의 주장에 따르면,
인류가 사용하고 있는 숫자는
고대 인도인들의 숫자에서 유래한 것인데,
그 안에 이미 생명의 의미가 담겨 있다고 한다.
숫자들에 담긴 의미를 해독하기 위해서는,
우선 숫자의 모양에서
둥근 선은 사랑과 해방을 뜻하고,
곧은 가로 줄은 집착과 구속을 의미하며,
선의 교차는 선택을 나타낸다는 것을
알아야 한다.
〈1〉은 광물의 단계이다.
돌고래 하나가 뛰어오르더니,

그대가 그 모양을 분명히 볼 수 있도록
자기 몸으로 허공에 숫자를 그린다.
다른 돌고래가 설명한다.
〈1〉은 아무것도 느끼지 못한다.
그냥 존재할 뿐이다.
곡선도 없고,
가로 줄도 없으며,
선이 교차하지도 않는다.
따라서 사랑도 집착도 선택도 없다.
광물의 단계에서
사물은 아무 생각 없이 존재한다.
〈2〉는 식물의 단계이다.
예의 돌고래가 다시 물 위로 뛰어올라
숫자를 그린다.
이 숫자에는 아래쪽에 가로 줄이 있다.
〈2〉는 땅에 속박되어 있다.
식물은 뿌리가 땅에 붙박혀 이동할 수가 없다.
윗부분의 곡선은 식물의 줄기에 해당한다.
〈2〉는 하늘을 사랑한다.
식물은 하늘과 구름의 마음에 들기 위해
고운 빛깔과 조화로운 맵시로
꽃을 아름답게 만든다.
〈3〉은 동물의 단계이다.
이 숫자에는 두 개의 곡선이 위아래에 있다.
돌고래 두 마리가 뛰어오르더니

두 개의 고리 모양을 짓는다.
마치 벌린 입 두 개가 겹쳐진 꼴이다.
돌고래의 설명이 그 인상을 뒷받침한다.
〈맞다. 저것은 두 입이 겹쳐진 모양이다.
무엇을 깨물려는 입이 아래에 있고
입맞춤하려는 입이 위에 있다.〉
〈3〉은 이중성 속에서 살아간다.
사랑하기도 하고 사랑하지 않기도 하며,
감정과 욕구에 잘 휩쓸린다.
가로 줄이 없기에 땅에도 하늘에도
매여 있지 않다.
동물은 늘 움직이며
두려움과 욕망 속에서 산다.
〈3〉은 본능의 지배를 받고
늘 자기 감정의 노예가 된다.
〈4〉는 인간의 단계이다.
돌고래 두 마리가 뛰어올라 서로 엇걸린다.
〈4〉는 십자 모양의 교차로를 의미한다.
이 단계에서 잘 행동하면,
동물의 단계를 떠나 다음 단계로
이행하게 된다.
돌고래가 강조한다.
욕심과 두려움에 더 이상 휩쓸리지 말고
그저 〈좋아―싫어〉를 되풀이하는 단계를 벗어나
〈5〉의 단계에 도달해야 한다고.

<5>는 영적인 인간,

정신적으로 진화한 인간의 단계이다.

위에 가로 줄이 있는 것은

하늘에 묶여 있음을 나타낸다.

곡선이 아래로 향한 것은

아래에 있는 것, 곧 땅에 대한 사랑을 뜻한다.

이 숫자는 2를 뒤집은 모양이다.

식물은 땅에 붙박혀 있고,

영적인 사람은 하늘에 매여 있다.

식물은 하늘을 사랑하고,

영적인 사람은 땅을 사랑한다.

인류의 다음 목표는

칠정(七情)의 속박에서 벗어나

정신의 완전한 자유를 얻는 것이

될 것이다.

돌고래들이 그대를

<돌연변이 정신>이라고 부르는 까닭이

거기에 있다.

그러면, <6>은 ?

그것에 대해 말하기는 너무 이르다고

돌고래가 대답한다.

모든 돌고래들이 다섯 숫자를 그리기 위해

수상 발레를 펼친다.

1······ 2······ 3······ 4······ 5······.

그들이 되풀이한다.

<돌연변이 정신>,<돌연변이 정신>.
그대는 그들과 함께 헤엄을 친다.
모두가 섬의 주위를 돌고 있는데,
섬 근처에서 소용돌이가 한바탕 일더니
무엇인가가 솟아오른다.
사람의 형체가 수면 위로 나타난다.
그가 둑으로 기어오른다.
그대가 아는 사람이다.
그대를 위해 태어난
바로 그 남자 또는 그 여자다.


**하늘이 그대에게 마련해 준 연분과 만나기**

그대와 그 사람은 서로를 소개할
필요가 없다.
이미 오래 전부터 서로를 알고 있기
때문이다.
그 사람은 그대가 늘 찾던 것을
모두 갖추고 있다.
그대는 그 사람의 특성 하나하나에
경탄한다.
그의 눈길과 미소도
마음에 쏙 들고,
그 몸가짐이며

지금 이 순간 그대가 지닌 마음의 평정에
화답하는 그 정신의 평온함도
반갑기 그지없다.
그의 냄새도 좋고
목소리도 따뜻하고 부드럽다.
그대는 그 사람에게 다가가서
어깨에 손을 얹는다.
그 접촉으로 미미한 방전이 인다.
그의 살갗은 부드럽고 탄력이 있다.
그대는 그 사람에게 당신은 누구인가
하고 묻는다.
그 사람은 대답 대신 그대가 누구인지를
말하겠노라고 한다.
그 사람이 그대에 대해서 말하고 있다.
놀랍게도 그는 그대가 가장 깊숙한 곳에
감추고 있던 비밀까지도 알고 있다.
그의 장난기 어린 표정에
그대는 금방이라도 녹아 버릴 듯하다.
그는 그대의 장점만큼이나 단점도
좋아한다고 한다.
그 역시 완벽한 사람이 아니며,
〈그대의 불완전함에 꼭 들어맞는 불완전한 존재〉
라는 것이다.
그대들 두 사람은 함께 함으로써
완전해진다.

잘 알려진 고대의 신화 하나를
그가 새삼스레 상기시킨다.
옛날 옛적에 사람은 머리가 둘,
팔이 넷, 다리가 넷이었다.
그러다가 둘로 갈라지면서 지금과 같은
모습이 되었다.
그 뒤로 사람들은 저마다 잃어버린
반쪽을 찾아 헤맨다 운운.
그 말 끝에, 그대는 그 사람을 꼬옥 껴안는다.
긴 입맞춤.
둘이 몸을 맞대자,
다리 넷, 팔 넷, 머리 둘의 그 완전한 존재가
본래 모습을 되찾는다.
두 사람 주위에서
돌고래들이 기뻐하며 뛰어오른다.
그 사람은 그대 품에서 수줍게 몸을 빼내더니
웃으면서 그대에게 물을 튀긴다.
그대는 잠시 머뭇거리다가,
그 사람을 따라 물을 튀긴다.
천진하게 노는 두 사람 모습이 꼭 아이들 같다.
그가 문득 장난을 멈추고
진지한 표정을 짓는다.
그대와 그는 서로 떨어져 선다.
둘은 마지막으로 한 번 더 서로의 손을 잡는다.
그 사람이 말한다.

이제 돌고래들을 따라 그대의 여행을 계속할
때가 되었노라고.
그 사람을 그대 곁에 머물게 하려고
그대는 공연한 고집을 부린다.
그러나 그가 분명하게 일깨운 대로,
사람은 소유할 수 있는 물건이 아니다.
오는 사람은 막지 말아야 하고
가는 사람은 잡지 말아야 한다.
그 사람도?
그 사람이니까 더욱더 그래야 한다.
그대가 그에게 보여 줄 수 있는
사랑의 증거 가운데 가장 훌륭한 것은
그에게 자유를 주는 것이다.
그대는 아이 적에 엄마가 처음으로 그대를
홀로 두었을 때처럼 실망하고 있다.
그대는 세계와 그대가 분리되어 있음을
처음으로 알았을 때처럼 실망하고 있다.
그 사람이 말하듯이,
그대는 그 사람을 훗날 다른 곳에서,
아마도 지금처럼 꿈이 아니라 현실 속에서,
다시 만나게 될 것이다.
그 사람이 정말 하늘이 그대에게 마련해 준
배필이라면…….
그러나 지금은 그대의 길을 계속 가야 한다.
호수 남쪽에 지하 수로가 뚫려 있다.

돌고래들을 따라 그리 들어가라.
수로 입구에는 노란 산호와 오렌지빛 수초와
빨간 말미잘이 지천이다.
돌고래들이 그대에게 길을 가르쳐 주고 있다.
그리로 곧장 가면 된다. 그대 홀로 말이다.
그대는 헤엄쳐 나아간다.
그대 앞에는 이제 바위밖에 보이지 않는다.
바위가 갈수록 매끄러워지고 살빛으로 변해 간다.
좁은 통로 속을 나아가면서
그대는 차츰차츰 과거로 거슬러 올라가고 있다.


## 그대 과거와 만나기

먼저, 그대가 잊고자 했던 고통스런 기억들을
차례차례 만나 보라.
다시는 떠올리고 싶지 않은 기억들이었지만,
이제 와선 그것들을 정면으로 바라보는 것이
두렵지 않기에,
그 하나하나를 당당하게 마주 대할 수 있다.
수모(受侮),
남의 부당한 처사 때문에 겪었던 어려움,
갖가지 오해와 몰이해,
버림받거나 배신당함으로써 생긴
쓰라린 상처,

그대에 대한 남들의 악의.
당시에 그대가 왜 그렇게 반응했는지,
또 어떻게 하는 것이
더 훌륭하게 대응하는 방법이었는지
이제는 이해할 수 있을 듯하다.
역시 이제 와서 깨달은 것이지만,
어떤 고통스런 상황들은
일련의 사건들이 맞물리면서
한결같은 방식으로 되풀이되는
양상을 보인다.
그대는 불행한 상황이 닥칠 때마다
혼자서 모든 걸 해결하려고 애면글면하다가
그런 결과에 도달하곤 했다.
그대는 실패의 시나리오를 기록하고,
어디에 잘못이 있었는지,
어느 순간에 전의를 잃고 싸움을 포기했는지를
과학적으로 냉정하고 초연하게
분석한다.
그 분석을 바탕으로
똑같은 실수를 되풀이하지 않으려면
어떻게 해야 하는지 결론을 내린다.
과거의 실수 하나하나에서
교훈을 이끌어 내는 것이다.
그러고 나서, 그대는 행복한 순간들의 기억을
차례차례 더듬는다.

고통스런 상황들이 그랬듯이,
행복한 상황들도
일련의 사건들이 맞물리면서
한결같은 방식으로 되풀이되는
양상을 보인다.
그대는 매번
뜻하는 바를 성사시키는 데 필요한
묘안을 찾아내곤 했다.
그대는 성공의 시나리오를 기록하고,
일이 그렇게 잘 돌아가는 이유를 알아낸다.
그런 다음, 그대가 했던 방식을
완전하게 만들기 위해 숙고한다.
그대도 깨달았겠지만,
그대의 승리는 반밖에 이루지 못한
승리일 뿐이며,
마땅히 대가를 얻을 수 있었음에도
대담성이 부족했던 탓에
감히 그것을 취할 엄두를 내지 못한 경우가
대부분이었다.
아마도 그대는 그런 성공이
분에 넘친다고 생각했던 듯하다.
학교에서 그대에게 역경을 다스리눈 법을
가르쳤다면,
성공을 관리하는 방법도
마땅히 가르쳤어야 한다.

그대는 성공의 시나리오를 훨씬 더
발전시킬 수 있다.
승리를 두려워하지 말라.
자, 계속 헤엄쳐 나아가면서
기쁘고 즐겁고 행복하고 다정했던 순간들을
계속 되새기라.
그대가 확인하다시피,
따지고 보면 즐거운 순간들이 언짢은 순간들보다
훨씬 더 많다.
살빛이던 통로의 벽들이
진한 분홍색에서 붉은색으로,
붉은색에서 다시 진홍색으로 변해 간다.
어둠이 짙어지면서 모든 것이 자줏빛을 띤다.


## 터널의 끝

가느다란 틈새로 빛살이 새어 든다.
하얀 틈새가 갈수록 벌어지더니
커다란 마름모꼴이 된다.
빛살은 점점 강해진다.
여기서 그만 되돌아가고 싶은 생각이 들 정도다.
그런데, 두 손이 불쑥 나타나 그대를 붙잡더니,
앞으로 끌고 간다.
누군가가 시끄럽게 소리친다.

<계속하세요, 나오고 있어요!>
마름모꼴이 너무 좁아서
그대는 빠져나갈 수가 없다.
그대의 물렁물렁한 머리가 심하게 눌린다.
소리를 치고 싶다.
그러나, 그대의 허파는 액체로 가득 차 있다.
드디어 그대는 밖으로 나왔다.
빛이 눈부시다.
짧은 순간 공포가 엄습한다.
서늘한 기운이 느껴진다.
외침소리가 들린다.
마스크를 쓴 사람들이 그대를 내려다보고 있다.
그들에게 소리치고 싶다.
조용히 하라고.
그대를 괴롭히지 말라고.
불빛을 꺼달라고.
그대가 원래 있던 곳,
돌고래들과 그대를 완전한 존재로 만들어 줄 사람이
있는 물속으로 도로 보내 달라고.
이럴 수가! 벌써부터 그 사람의 얼굴이 잊혀지기 시작한다.
그대, 훗날 그 사람의 얼굴을 알아볼 수 있겠는가?
그런데 그대는 아직 숨을 쉬지 못하고 있다.
마치 물에서 나와 숨이 막힌 물고기 같다.
그대는 나보고 왜 그대를 도우러 오지 않느냐고 묻는다.
미안한 얘기지만, 이곳에서

내가 그대를 위해 할 수 있는 일은
아무것도 없다.
내 친구인 소설『타임머신』이 말한 대로,
누구도 과거에 영향을 미칠 수는 없는 법이다.
내가 할 수 있는 일이란
그저 이미 지나간 순간을 다시 보도록
그대에게 권하는 것뿐이다.
물론 그대는 출생의 순간을 변화시킬 수 없다.
하지만 그 순간을 다른 시각에서 보는 것은
가능할 것이다.
고무 장갑을 낀 두 손이
그대의 머리를 아래로 가게 해서
거꾸로 들고 있다.
그 처사가 여간 불쾌하지 않다.
누군가가 그대의 등을 세게 때린다.
이런, 난폭한 자들 같으니!
사람들이 태어나는 순간부터
그토록 불쾌한 일을 당한다는 사실은
나도 이번에 처음 알았다.
그대들 가운데 더러 공격적인 사람들이
생기는 까닭을 알 듯하다.
그대는 여전히 울음소리를 내지 못하고 있다.
그대를 둘러싼 사람들 사이에
긴장이 고조된다.
오늘, 그대는 최초의 스트레스와

최초의 참을성 없는 청중을
경험하고 있다.
그대 성악가여,
무엇 때문에 늑장을 부리는가?
왜 곧바로 울음을 터뜨리지 않았는가?
태어나기가 너무 고통스러웠던 탓인가?
아니, 빛과 소음이 너무 많기 때문이라고?
따지고 보면, 누구나 태어날 때는
다 이런 과정을 겪게 된다.
내가 옵셋 윤전기를 통해
세상에 나올 때는
빛과 소음이 없었는 줄 아는가?
자, 무얼 꾸물거리는가?
소리를 내지르라!
울음을 터뜨리라!
고고지성을 발하라!
그 외침은
땅속 깊은 곳으로부터 온천수가 솟구치듯이
배에서 솟아 올라와야 한다.
아아!
그 정도로는 안 된다. 더 세게!
아아아아아아아아아!
휴, 됐다! 성공했다.
그대의 허파를 채우고 있던 액체가
단번에 배출되었다.

그것이 바로 그대가 행한
최초의 자기 표현이었다.
사람들 세상에 온 것을 환영한다.
아버지가 그대에게 팔을 벌린다.
감동의 한순간이다.
누군가가 그대를 어머니 배 위에 올려놓는다.
어머니가 그대의 끈적거리는 몸 여기저기에
입을 맞춘다.
그 끈끈한 입맞춤에서 힘을 얻어
그대는
물살이동물에서 작은 포유 동물로 이행하는 것을
견디어 내고,
돌고래들과 헤어지는 아쉬움을
이겨 낸다.
그대는 다시 숨을 쉬고 눈을 깜박인다.
누군가가 차가운 금속 가위로 탯줄을 자르고,
그 자리에 옹두리 같은 배꼽을 만든다.
그대는 어머니 몸과 다시 이어지기를
간절히 바라지만,
사람들은 그대의 말을 듣지 않는다.
그 때문에 그대는 다시 울음을 터뜨린다.

**부모, 조부모 및 그 윗대와 만나기**

그대가 태어난 방은 보통의 방과는 달리
끝이 안 보일 정도로 아주 길게 뻗은 공간이다.
그곳에는 산과 의사와 조산원들뿐만 아니라
한 무리의 사람들이 그대를 기다리고 있다.
그대는 그들을 바라본다.
낯익은 얼굴들이 보인다.
맨 앞줄에는 그대의 어버이가 있다.
그들은 왜 그대를 낳고 싶어했는지를
설명하고,
그대가 태어나는 순간, 그들이 느꼈던 바를
이야기한다.
또 그대가 갓난아기였을 때의 일이라
그대도 알지 못하는 몇 가지 일화를 들려준다.
나아가, 그들 자신의 젊은 시절과 그때의 꿈,
그들이 성취한 것과 실패한 것,
그대에 대한 바람 등에 대해서도
이야기한다.
그 이야기를 통해서 그대는
그들이 그대를 사랑하는 까닭이 무엇인지를
깨닫는다.
어버이가 그대를 사랑하는 것은
단지 그대가 아들이기 때문만은 아니다.
그들은 그대를 온전한 개인으로 대하며

그대의 인격을 존중한다.
그대는 두 분께 입을 맞추고,
그대를 위해 해주신 모든 것에 감사를 드린다.
만일 어버이에게 어떤 불만이 있었다면,
이제 그 모든 것을 잊어버리라.
그대에게 생명을 주신 어버이에게
불초 자식이 되지 않고
오히려 그분들보다 더 나아지기를 바란다면,
그대 자신의 자녀들로 그것을 입증해야 한다.
어버이 뒤에는 네 분의 할아버지 할머니가 계시다.
그분들 역시 서로 만나서 사랑하고
결혼하게 된 내력을 그대에게 들려주신다.
그대가 지닌 특성 중의 몇 가지는
그분들에게서 물려받은 것이다.
할아버지 한 분이 이렇게 일러 주신다.
〈수고할 가치가 없는 일에 네 기력을
낭비하지 말라. 하지만, 중요하다고 생각되는 일을
할 때는 시간을 충분히 갖고 공을 들이라.〉
다른 할아버지가 말씀하신다.
〈이기주의자가 될 권리는 누구에게나 있다.
그러나 이기주의의 끝에 이르러 곰곰이 생각해 보면,
결국은 남을 돌보는 것이
자기에게 직접적으로 이익이 된다는 사실을
깨닫게 될 것이다.
자기 혼자 아무리 편하다 한들

고통 받고 있는 사람들에 둘러싸여 있다면
어떻게 한 발짝이라도 더 나아갈 수 있겠는가?〉
할머니 한 분의 생각은 사뭇 다르다.
남이 제시하는 좋은 길을 무조건 따르기보다는
험한 길까지 포함해서 모든 가능성을
시험해 보아야 한다는 것이다.
좋은 길을 찾기 위해서는 길을 잘못 들어
헤매 보기도 해야 한다는 것이 그분의 생각이다.
그분은 〈좋은 조언자들〉의 말을 너무 고지식하게
믿지 말라고 당부하신다.
다른 할머니의 생각도 그와 같다.
〈사람은 실수를 통해 배운다.
그 누구도 실수를 피하지 못한다.
너에게 생길 수 있는 일 가운데 가장 나쁜 것은
실수 하나 없는 맥 빠진 삶을 사는 것이다.〉
그분들 뒤에 계시는 이들은
증조부모 대의 할아버지 할머니 여덟 분이다.
그분들은 모두 당대의 의상을 입으셨다.
그 시대의 발견과 격변에 대해 말씀하시는
그분들의 어조에 자부심이 가득 담겨 있다.
다음엔 고조부모 대의 할아버지 할머니
열여섯 분이다.
그분들의 말씀은 알아듣기가 쉽지 않다.
마지막으로 5 대의 할아버지 할머니 서른두 분께
인사를 올리고,

그대는 더욱 빠르게 통로를 나아간다.
그렇게 그대는 시간과 계통을
거슬러 올라가고 있다.
이제 그대는 르네상스 시대를 지나
중세와 고대를 거쳐
선사 시대의 조상들을 만난다.
방은 여전히 끝나지 않고 계속 길어지다가
동굴로 변했다.
그대의 선조들은 짐승의 털가죽을 걸치고 있다.
그들의 눈두덩은 툭 튀어나왔다.
비록 생김새는 그대와 많이 다르지만,
그대의 혈관에는 그들의 피가 조금 흐르고 있다.
그들은 호의 어린 눈길로 그대를 바라본다.
하지만 그대가 알아들을 수 있는 언어로
자기들의 의사를 표현할 수 있는 것은 아니다.
그래서 그대는 그들의 정신과 이야기를 나눈다.
하긴, 돌고래들과도 텔레파시로 대화를 나누었는데,
선조들과 소통하지 못할 까닭이 없지 않은가?
그들은 자기들이 무엇에 매료되는지를 보여 준다.
부싯돌로 일으키는 불,
활과 화살 등이 그것이다.
그대도 어린 시절에 활을 가지고 놀았다.
그럼으로써 그대는 인류의 역사를
재현했던 셈이다.
그들의 세계관에 대한 이야기가 이어진다.

지평선 너머의 세계는 그들에게 신비로 남아 있다.
그들에게도 근심거리가 많다.
늑대나 곰에 대한 두려움,
사냥감을 찾지 못해서
굶어 죽는 것에 대한 걱정,
무시무시한 천둥 번개,
겨울만 되면 식량을 훔치러 쳐들어오는
이웃 부족 등.
그들은 갑자기 그대의 존재에
불안을 느끼기 시작한다.
그들은 그대가 어떻게 왔느냐고 묻는다.
『여행의 책』을 이용해서 왔다고 하자,
그들은 다시 책이 무어냐고 묻는다.
그대는 땅바닥에 기호 하나를 그린다.
그들도 그대의 것과 똑같은 기호를 그린다.
그대는 틀린 부분을 고쳐 준다.
정신을 과거로 여행하게 함으로써
그대는 지금 문자의 태동에 기여하고 있다.
말하자면, 나와 같은 책이 존재할 수 있는
토대를 만들어 주고 있는 셈이다.
아, 이 현기증 나는 패러독스…….
그대는 잠시 물러서서
그대가 진화해 온 내력을 한 눈에 보여 주는
계통 수를 떠올린다.
그 계통 수에서 그대는 줄기에 해당한다.

그대 아래에는 뿌리가 얼키설키하다.
그대 위에는 가지가 무성하다.
위에 있는 잎은
그대의 자손,
그 자손의 자손,
또 그 자손의 자손이다.
그대의 계통 나무는 다시 하나의 뿌리가 되고,
다른 무수한 뿌리들과 얽혀
인류의 나무를 구성한다.
줄기와 가지에 생긴 옹두리들은
종의 진화 과정에 점철된 위기들을 나타낸다.
전쟁, 민족 이동, 발명, 탐험,
사회 갈등, 경제 위기, 정치 변혁 따위가
그것이다.
다시 그대의 선조들을 보러 가자.
분만실이었던 방은 동굴로 변했다가
이제는 숲으로 통한다.
그대는 지금 나무가 울창한
숲속에 들어와 있다.
저기 보이는 선조는 두 다리가 아니라
네 다리로 몸을 지탱한다.
몸에 털이 많고 원숭이를 닮았다.
그대는 그의 머리를 어루만지고
악수를 하듯 한쪽 앞다리를 잡는다.
그의 정신에 귀를 기울이라.

말로 표현은 못 하지만,
그에게도 그대에게 들려주고 싶은
이야기가 있다.
그의 큰 골칫거리 가운데 하나는
고양이과의 동물들이다.
나무에서 잠자고 있는 어린 것들을
곧잘 훔치러 오기 때문이다.
그는 먹을 것을 찾지 못할까 걱정하고,
내일 해가 다시 뜨지 않을까 봐 걱정하기도 한다.
이 가지를 타고 계속 나아가자.
이제 그대 앞에 있는 생명들은
사람과 비슷한 구석이라곤
한 군데도 없다.
그 먼 선조는 겁쟁이 뽀족뒤쥐와 비슷하게
생겼는데, 살갗에는 도마뱀처럼 비늘이 있다.
그의 눈길은 생경하기 그지없다.
그의 정신은 온통 두 가지 관심사에 사로잡혀 있다.
〈어디 가서 먹을 것을 구하지?〉와
〈어디 가서 암컷을 찾지?〉가
바로 그것이다.
그대가 타고 가던 긴 가지가
바다 쪽으로 내려간다.
거기에서 그대는 물고기를 닮은
먼 선조를 만나고,
더 나아가다가 파란 바닷말과 마주친다.

이제 텔레파시는 아무 도움이 되지 않는다.
해초는 생각을 하지 않으며 살기 때문이다.
그렇다고 그를 무시하면 안 된다.
아무 생각도 하지 않는 것,
그것은 그대가 도저히 할 수 없는 일이다.
그대 머릿속에는 항상 어떤 생각이 있다.
아무것도 생각하지 않으려는 의지도
이미 하나의 생각이 아니던가…….
파란 바닷물 다음에 그대가 마주친 것은
단세포 생물이다.
거기서 더 나아가니,
이제는 세포조차 아닌
물 분자다.
그 다음에는 수소 원자.
그리고 쿼크.
그럼 쿼크 이전에는?
쿼크 이전에는 순수한 에너지였고,
빛이었다.
그대의 핏속에는 태초의 빅뱅에 대한
기억이 있다.
그것을 느껴 보라.
그것이 바로 그대 존재의 가장 깊숙한
근원이다.
그대는 어느 날 우주에서 벌어진
거대한 불꽃놀이로부터

생겨난 것이다.
그대는 빅뱅을 그 내부에서 관찰하다가,
그대가 왜 존재하는지,
그대의 의식은 어떻게 해서
단지 책을 읽는 것만으로
여기까지 투사될 수 있는지를 묻는다.
그러자 빅뱅은
그대가 왜 태어났는지를 설명해 준다.
그 말에 귀를 기울이라.
원한다면, 태초의 빅뱅 속에
좀 더 머물러 있어도 좋다.
화석이 된 빛 속에서 유영해 보라.
그 빛 또한 그대의 선조 가운데 하나다.
이제 그것을 알았으니,
그대는 이제 또 다른 것을 발견할
준비가 된 셈이다.
나를 따라오라.
지구로 돌아가자.


## 그대 행성과 만나기


그대 행성이 내려다보인다.
아까 만났을 때, 그대가 알아듣기 어려운
소리를 냈던 지구가 다시 그대에게 말을 건다.

그 목소리는 여전히 느리고 장중하다.
이제는 똑똑히 알아들을 수 있는 소리로
지구가 이렇게 말한다.
〈그대 마침내 깨달았구나.
우리는 빅뱅이라는 공통의 선조에서 나왔다.
그러니까 우리는 먼 친척이 되는 셈이다…….〉
지구가 자기의 역사를 이야기해 준다.
옛날에 지구는 한낱 티끌의 구름이었다.
그 티끌 구름이 모이고 쌓여
거대한 구체가 형성되었다.
그때부터 여신(女神) 가이아는 일종의 난자가 되어
때를 기다리고 있었다.
그러던 어느 날, 우주 멀리에 별똥돌 하나가 날아와
가이아를 수태시켰다.
홀로 떠돌던 그 별똥돌이
바로 우주의 정자였던 셈이다.
그 별똥돌은 몇 종의 아미노산을 지니고 있었다.
그것만으로도 한바탕의 연금술이 펼쳐지고,
생명이 발생하기에 충분했다.
가이아가 그대에게 마음의 문을 열어 주자,
그대는 갑자기 지구가 느끼는 것을
함께 느끼기 시작한다.
그대는 눈을 감고, 지구에 감정을 이입한다.
지구의 가장 큰 관심사는
태양계에서 차지하는 자기의 위치다.

누구나 저 나름의 근심거리가 있게 마련이다.
지구는 태양에 더 가까이 있는
수성과 금성 때문에 이따금 방해를 받고,
목성이나 토성에 비해 스스로가 너무 작다고
생각한다.
태양계를 가족에 비유한다면,
지구의 아버지는 태양이고,
다른 행성들은 자매인데,
지구는 결국 그 자매들에 대해 경쟁심을
갖고 있는 셈이다.


## 그대 은하와 만나기

지구는 그대를 태양계의 정신에
다가가도록 해준다.
그대의 정신적 지평이 넓어진다.
한낱 사람일 뿐인 그대가
태양계가 생각하는 것을 느끼는 것이다.
태양계는 스스로가 늙었다고 생각한다.
그 행성들의 타원이 일그러지고,
그 자기장은 별똥별 때문에 구멍이 나 있다.
태양계는 스스로가 식어 가고 있음을 느끼면서,
〈은하는 어디로 가고 있는가?〉
하고 자문한다.

태양계는 은하수의 세 번째 지류에서
변두리 쪽으로 너무 치우쳐 있다.
그래서, 태양계는 만일 은하가 선회를 늦춘다면
자기가 우주의 허공 속으로 떨어져 나가게
되지 않을까 저어한다.
지금 그대가 있는 곳은 은하의 한가운데이다.
그대 주위에서 수백만의 별들이 반짝이고 있다.
우주 공간에 있는 온갖 물체들의 공통점은
모두가 천천히 돌고 있다는 것이다.
그러나 은하의 중심에 다가갈수록
회전은 점점 빨라진다.
그대가 보다시피,
은하의 중심에는 소용돌이가 이는
검은 구멍이 하나 있다.
그것은 모든 것을 빨아들이는 입과 같다.
구멍에 가까이 있는 별들은 거기로 빨려 들어간다.
별들은 구멍 속으로 들어가면서,
단말마의 비명을 내지르고
어른거리는 빛과 온갖 종류의 파동을 발한다.
그러나 그대는 두려워할 까닭이 없다.
그대는 블랙홀 위쪽으로 멀리 떨어져 있다.
온 은하가 그대 주위에서 돌고 있다.
그대는 이슬람교 수도승이 춤을 출 때처럼,
두 팔을 나사 모양으로 빙빙 틀며 돌리고
엉덩이와 어깨와 팔을 움직이면서

머리를 뒤로 젖힌다.
그대는 은하 한가운데에서
현기증이 일도록 자꾸자꾸 돌면서
춤을 춘다.
그대의 두 팔이 죽죽 늘어나
은하의 지류가 된다.
그대는 마치 빛의 알곡들을 빻기라도 하듯
별들을 휘휘 젓는다.
자, 그대의 정신을 더욱 넓혀
온 우주를 껴안으라.
우주가 처음에는 입방체로 보이더니,
그 다음엔 구체로 보이고,
종당에는 원추형이 된다.
그러자, 그대는 그 원뿔의 꼭대기로 올라간다.
그 뾰족한 끝에서 그대는 태초의 대폭발을
다시 만난다.
시간과 공간이 합치하는 순간이다.
시간의 끝에는 빅뱅이 있고,
공간의 끝에도 역시 빅뱅이 있다.
그러면 빅뱅이 탐사할 수 있는 우주의 한계인가?
그것은 저 빛에게 직접 물어보라.
빛이 그대에게 대답한다.
그대는 단 하나의 시공간을
탐사했을 뿐이라고.
빛이 그대에게 권한다.

외적인 오감과 내적인 오감의 지각력을 높여서
다른 시공간들을 여행해 보라고.
그럴 준비가 되어 있노라고 그대가 대답하자,
이미 여행 초기부터 넓어져 있던 그대의 지평이
새로운 차원으로 확장된다.
물론 그대는 처음부터 우리가 원거리 여행을
하게 되리라고 믿었다.
그러나 지금 그대가 하고 있는 여행은
그대의 예상을 뛰어넘었음은 물론이고,
온갖 형언을 넘어서는 규모가 되었다.
그대는 이제 그대가 알고 있는 차원을 벗어나
평행 우주들을 지각하고 있다.
이 우주들은 비누 방울처럼 서로 닿아 있다.
이 우주들의 규모는 천차만별이다.
어쩌면 그대의 우주는
더 높은 차원에 속해 있는 어떤 책의
글자 하나에 통째로 들어가 있는지도 모르고,
다음과 같은 점 하나에 포함되어 있는지도 모른다.

그리고, 어쩌면 그 점 안에는
저마다 은하들을 품은 작은 우주들이
무수히 들어 있을 것이고,
은하들의 내부에는 미세한 행성들이 있을 것이며,
그 미세한 행성들에서는
우리가 아직 모르는 것들을 사람들이

발견했을지도 모를 일이다.
설령 그렇다 한들, 겁낼 것은 조금도 없다.
그대는 우주에 연결되어 있을 뿐만 아니라,
우주를 초월하는 어떤 것, 곧 생명에도
연결되어 있기 때문이다.
생명은 우주의 모든 차원을 아우르는
위대한 힘이다.
그대 안에서 꿈틀대는 생명의 충동을
느껴 보라.
빅뱅을 원한 것도 생명이고,
우주를 창조한 것도 생명이며,
지구를 만든 것도 생명이고,
씨앗을 나무로 변화시키는 것도 생명이며,
애정 어린 포옹에서 아기를 생기게 하는 것도
생명이다.
그대, 살아 있는 기쁨을 마음껏 누리라.
자, 이제 내가 그대에게 보여 주려던 것은
다 보여 주었다.
그러나 우리의 여행이
여기서 끝난 것은 아니다.
저 아래에 있는 그대의 살과 뼈마디가
오래 눌리어 조금씩 저린 느낌을 주기 시작한다.
지구로 돌아가자.
오늘은 이것으로 충분하다.
그대의 여행 일정을 마무리할 때가 되었다.

자, 돌아가자.

## 그대의 현실로 돌아가기

이제 신천옹의 모습으로
다시 돌아가라.
어서 날개를 저어 구름 쪽으로 날아가자.
나를 따라오라.
그대 배꼽에서 나온 빛살이 있는 곳으로
그대를 데려다 주겠다.
어서 가자, 더 꾸물거릴 시간이 없다.
아래에 있는 책이 다 끝나 간다.
그대의 손가락이 마지막 책장을 넘기고,
〈안녕〉이라는 말이 그대 눈에 보일 때면,
그대는 육체 속에 돌아가 있어야 한다.
뭐라고, 더 활상하고 싶다고 ?
그만하고 가자.
그대도 잘 아다시피,
『여행의 책』은 그대가 원하는 때에
몇 번이고 다시 읽을 수 있다.
나는 그대의 것이다.
하지만 지금은 돌아가야 한다.
지나친 것보다는 아쉬움을 조금 남기는 편이 낫다.
모험을 직접 하는 것도 좋지만,

자기가 겪은 모험을 돌이켜 생각하는 것도
그에 못지않게 좋다.
그건 이탈리아 요리 라자냐를
이튿날 다시 데워 먹는 것과 조금 비슷하다.
그편이 훨씬 더 맛있다.
아래를 보라.
저곳을 알아보겠는가?
우리는 그대의 터전을 다시 지나가는 중이다.
그대의 안식처가 보인다.
그대의 대륙과 산맥과 바다 위를 날아
아래로 조금 내려간다.
사람들이 개미들처럼 무리를 지어
이리저리 달리고 있다.
저것이 바로 그대가 속한 종(種)의 모습이다.
조상들보다 더 나아지려고 애쓰는
인류의 모습이다.
그대는 잠시 인류의 모습을 한 폭의 그림으로
마음속에 그려 본다.
그대의 그림 속에서 인류는
거대하게 무리를 지어 빛을 향해 나아가고 있다.
인류가 빛을 찾아 헤매는 것은 아마도
그들 내면에 희미한 자취를 남기고 있는
빅뱅에 대한 향수 때문이리라.
그대가 꿈꾼 인류의 또 다른 모습은
동물성에서 벗어나

그대가 4원소의 세계를 여행하면서
다가갔던 더욱 영적인 단계에 도달하는 것이다.
그대는 천천히 고도를 낮춘다.
우리는 이제 그대의 집 상공에 와 있다.
한 줄기 빛살이 지붕에서 뻗쳐 오른다.
바로 그대의 배꼽에서 나온 빛줄기다.
그대는 그 빛줄기에 매달려
덩굴 식물을 타고 내려가듯이
아래로 미끄러진다.
지붕과 위층의 여러 집을 통과하여
그대가 책을 읽고 있는 장소에 다다른다.
그대가 책장을 넘기고 있다.
기분이 참 묘하지 않은가?
자, 독자의 정신이여,
그대가 늘 들어 있던 육체 속으로 돌아가라.
그대는 마지막으로 한번 더
밖에서 그대의 육체를 관찰한다.
그대의 몸은
권력과 권력끼리 서로 방해하지 않는
정치 체제에 비교할 수 있다.
그대의 오른손과 왼손 사이에는
경쟁이 없다.
그대의 몸은 화해와 연대의 정치를
모범적으로 구현하고 있다.
그대의 세포들은 서로 다르지만

서로를 보완한다.
게다가 이 여행을 한 뒤로
그대의 몸은 안팎으로 완벽하게
평형을 이루고 있다.
가뿐하고 여유롭고
더욱 생기발랄하면서도
더욱 평온해진 느낌이다.
그러니, 아무 걱정 없이 그대의 육체로
돌아가도 된다.
벽난로 굴뚝을 타고 집 안에 침입하는
도둑처럼
그대의 정신이 육체 속으로 돌아온다.
그대의 정신은 여행 전의 그대였던 사람을
다시 통제하기 시작한다.
눈을 한번 감았다 뜨고,
침을 삼키라.
됐다.
그대는 나를 읽고 있다.
그대의 숨결은 조금 더 느긋해진다.
우리가 함께 한 상상 여행의 각 단계를
하나하나 돌이켜 보라.
그대는 공기의 세계와
흙의 세계와
불의 세계와
물의 세계를 여행했다.

그대의 책에 그대만을 위해 쓰여진
문장을 기억하라.
그대의 숨은 조금 더 깊어진다.
좋은 꿈을 꾸고 깨어난 기분이다.
그러나 우리의 여행은 꿈이 아니었다.
그것은 그대 정신의 비상이었다.
그대의 상징을 기억하라.
그대의 숨결은 더욱 넉넉해진다.
그대는 다시 침을 삼킨다.
그대가 있는 방과 그대가 하고 있는 일에 대한
의식이 되살아난다.
만일 그대의 정신이 어떤 몸에 머물고 있는지
잘 기억이 나지 않으면,
거울을 들고 그대의 얼굴을 재발견하라.
그대가 바라보고 있는 나는
작은 글자들로 덮인 네모난 종잇장이다.
이제 그런 식으로 나를 뚫어지게 바라보는 것은
그만하는 게 좋겠다.
그대의 눈길이 나를 쑥스럽게 한다.
대체 무슨 일이 있었지? 하고
그대가 묻는다면, 나는 이렇게 대답하겠다.
한 권의 책인 내가 그대로 하여금
경이로운 일을 하게 했다고.
그러나 진정 경이로운 것은
그것을 수행한 그대,

오직 그대뿐이다.

안녕.

오직 그대뿐이다.

안녕.

『여행의 책』을 쓰는 동안, 다음의 음악들이
나와 동반하였다.


핑크 플로이드의 「Wish You Were Here」
안토니오 비발디의 「플루트와 피콜로를 위한 협주곡 C장조」
마이크 올드필드의 「Incantation」
마릴리언의 「Fugazi」
구스타프 홀스트의 조곡 「행성」
안드레아스 폴렌바이더의 「Book of the Rose」
예스의 「Close to the Edge」
제니시스의 「Supper's Ready」

지은이 **베르나르 베르베르** 1961년 프랑스 툴루즈에서 태어나 법학을 전공하고 저널리즘을 공부했다. 1991년 『개미』를 출간해 전 세계 독자를 단숨에 사로잡으며 〈프랑스의 천재 작가〉로 부상했다. 이후 영계 탐사단을 소재로 한 『타나토노트』, 세계를 빚어내는 신들의 이야기 『신』, 꿀벌이 사라진 지구를 구하는 『꿀벌의 예언』, 멸망한 지구에 등장한 세 혼종 인류의 생존기 『키메라의 땅』 등 수많은 베스트셀러를 써냈다. 그의 작품은 35개 언어로 번역되어, 전 세계 3천만 부 이상 판매되었다.
『나는 그대의 책이다』는 독보적인 형식의 작품으로, 가장 단순하면서도 깊은 여행, 곧 자기 내면으로 향하는 여정으로 독자들을 이끈다. 이 작품은 하나의 〈살아 있는 책〉으로 독자에게 말을 걸며 4원소의 세계로 모험을 떠나는 강렬하고 극적인 체험을 안겨 준다. 이 책이 제안하는 〈여행〉은 환상적 미래도 아니고, 단순한 꿈의 세계도 아니다. 사고의 바탕을 마련하는 위대한 예술이자 사상을 이야기하는 이 작품은 세계와 우주를 자신만의 방법으로 새로이 발견할 수 있는 상상력의 열쇠가 되어 줄 것이다.

옮긴이 **이세욱** 1962년에 태어나 서울대학교 불어교육과를 졸업하였으며, 현재 전문 번역가로 활동하고 있다. 옮긴 책으로 베르나르 베르베르의 『개미』, 『웃음』, 『신』(공역), 『인간』, 『나무』, 『상대적이며 절대적인 지식의 백과사전』(공역), 『뇌』, 『타나토노트』, 『아버지들의 아버지』, 『천사들의 제국』, 움베르토 에코의 『프라하의 묘지』, 『로아나 여왕의 신비한 불꽃』, 『세상의 바보들에게 웃으면서 화내는 방법』, 미셸 우엘벡의 『소립자』 등이 있다.

## 나는 그대의 책이다

발행일   1998년 7월 20일    초판   1쇄
         1998년 7월 30일    초판   2쇄
         2002년 8월 20일    신판   1쇄
         2013년 5월 30일    신판 27쇄
         2026년 1월  5일 개정판   1쇄
         2026년 2월 25일 개정판   3쇄

지은이   베르나르 베르베르
옮긴이   이세욱
발행인   홍예빈
발행처   주식회사 열린책들

경기도 파주시 문발로 253 파주출판도시
전화 031-955-4000 팩스 031-955-4004
홈페이지 www.openbooks.co.kr  이메일 literature@openbooks.co.kr

Copyright (C) 주식회사 열린책들, 2026, *Printed in Korea.*
ISBN 978-89-329-2553-0 03860